TRADUÇÃO Lucas Lazzaretti

# As mortas

Jorge
Ibargüengoitia

# ÍNDICE

Alguns dos acontecimentos aqui narrados são reais. Todos os personagens são imaginários.

# Capítulo 1
# AS DUAS VINGANÇAS

# 1

É possível imaginá-los: os quatro usavam óculos escuros, o Escada dirigia encurvado sobre o volante, ao seu lado está o Valente Nicolás lendo a revista *Islas Marías*, no banco de trás a mulher olha pela janela e o capitão Bedoya dorme pescando.

O carro azul cobalto sobe extenuado o desfiladeiro do Cão. É uma manhã ensolarada de janeiro. Não se vê uma nuvem. A fumaça das casas flutua sobre a planície. A estrada é longa, reta no começo, mas, passado o desfiladeiro, serpenteia pela serra de Güemes, entre os cactos-de-cochonilha.

O Escada para o carro em San Andrés, se dá conta que os outros três dormiram, acorda a patroa para que pague a gasolina e entra na lanchonete. Almoça linguiças com salsa, feijões e um ovo. Quando está tomando a segunda xícara de café, os outros três entram na lanchonete, sonolentos. Olha para eles compassivo: o que para ele é o começo do dia, para os outros é o final da farra. Eles se sentam. O capitão age com cautela, perguntando à garçonete:

— Diz aí o que vocês têm que é muito gostoso.

O Escada se levanta, sai para a rua e dá voltas na praça com as mãos no bolso, passo largo e muito lento e um palito de dentes na boca. Fecha a jaqueta, pois apesar do sol estar brilhando sopra um ventinho gelado. Para com o intuito de ver uns engraxates que lançam moedas contra a parede em um jogo de amarelinha diferente do que ele conhece. Segue seu passeio refletindo se os habitantes de Mezcala são mais estúpidos que os de Plan de Abajo[1]. Para mais um instante para ler o letreiro que

1 PLAN DE ABAJO: Os dois estados referidos pelo autor são fictícios. Mezcala foi uma cultura mesoamericana que se desenvolveu na região hoje compreendida pelo estado de Guerrero. O estado fictício de Plan de Abajo, criado pelo autor com semelhanças ao seu estado natural, Guanajuato, foi empregado também nos romances *Dos crímenes* e *Los pasos de López*. Para manter a originalidade dessa criação, mantivemos os nomes próprios de cidades, estados e regiões em espanhol. [Todas as notas são do tradutor]

tem no monumento aos Meninos Heróis — "Glória aos que morreram pela Pátria..." — e vê sair da lanchonete os seus três passageiros — "a carga", na linguagem dos motoristas —: o capitão e o Valente com roupas de civil que conservam rastros do uniforme, como a camisa verde-oliva do segundo e as botas de cavalaria do primeiro, e Serafina, trajando um vestido negro amassado, que expõe sua perna morena e mostra a axila ao subir no carro. Uma vez que os três se acomodaram, tocam a buzina peremptoriamente para que o motorista venha conduzi-los.

Seguem seu caminho que passa por lugares famosos: por Aquisgrán el Alto — "Senhor Presidente, roubaram-nos a água", diz um letreiro na entrada — onde Serafina tem vontade de tomar um refresco, por Jarápato, onde o Escada faz uma parada para colocar um peso na caixinha de doações de uma igreja que está sendo construída com a esmola dos motoristas, por Ajiles, onde compram queijos; ao passar em frente à colina do Palo Santo, o capitão pede que pare o carro para descer e urinar — "para deixar minha marca", diz — e em San Juan del Camino, que tem uma virgem milagrosa, param para descansar.

Serafina entra no templo (depois se soube que acendeu uma vela, pediu de joelhos à Virgem boa sorte na empreitada e em agradecimento antecipado cravou no tecido de veludo vermelho uma oferenda de prata em forma de coração, como se já tivesse recebido tudo). Enquanto isso os três homens se sentam em uma mesa da sorveteria, pedem uns sorvetes de leite, debatem e decidem que o que pretendem realizar é feito com maior facilidade com a luz do dia. Quando Serafina, que sai do templo, reúne-se com eles, não está de acordo e ordena que a empreitada seja levada a cabo de noite.

Isto quer dizer que precisam matar três horas, que eles gastam dormindo embaixo de um sapotizeiro na saída de Jalcingo. O sol está sumindo quando os cachorros começam a latir no Salto de la Tuxpana.

É uma cidadezinha larga e escura de ruas poeirentas, com um poste elétrico a cada duzentos metros. Tem fama de que em cada casa há um pomar de goiabeira, mas as portas estão fechadas. As crianças brincam na rua.

O Escada para o carro em uma esquina onde, embaixo de um poste, há algumas pessoas comendo *pozole*[2]. O Valente Nicolás desce, se aproxima do grupo, que olha para ele, e fala com a cozinheira:

— Peço perdão pela minha impertinência, onde há uma padaria?

Ela responde que naquela cidade há três e lhe dá as direções. Vão de um lado para o outro da cidade de carro, e de padaria em padaria sem encontrar o que buscam, até chegar na terceira.

— Parece que é esta — diz o Valente, que desceu três vezes e comprou três sacos de *campechanas*[3].

Todos descem. Os três homens vão até o bagageiro do carro, Serafina vai até a padaria. É uma casa modesta, com as únicas duas portas abertas que há na quadra. Aproximando-se com cuidado, procurando não ser vista, Serafina olha para dentro e vê, atrás do balcão, um homem sentado e uma mulher que faz contas. Volta para o carro. O Escada, com uma mangueira e muita calma, extrai gasolina do tanque para encher uma lata, o capitão e o Valente tiraram do bagageiro dois rifles automáticos e colocam os pentes e movem as travas — fazendo bastante ruído — para testar se estão funcionando. O capitão entregou a pistola para Serafina.

O que aconteceu depois é confuso. O Valente para no umbral de uma das portas e Serafina no da outra. Ela diz para o homem que está atrás do balcão.

— Não se lembra mais de mim, Simón Corona? Toma isso, para se lembrar.

Dispara apontando para o alto. Quando termina a descarga o homem e a mulher estão embaixo do balcão. O Valente dispara uma rajada para o interior da padaria. Diz para o capitão, que está ao seu lado.

---

2 **POZOLE:** Prato tradicional mexicano, uma espécie de guisado ou sopa feito com carne de porco ou de frango, grãos de milho nixtamalizado, sendo servido com cebola, rabanete, coentro, limão, pimenta, entre outros acompanhamentos.

3 **CAMPECHANAS:** Doce folheado com açúcar caramelizado tradicional no México.

— Dispare, meu capitão.

— Não. Eu só estou aqui cobrindo — está apontando para a outra calçada, caso haja um ataque pela retaguarda.

A última parte do plano é executada por Valente. Consiste em entrar na padaria, regar o chão com gasolina, sair, acender um fósforo e jogá-lo no chão molhado.

A gasolina acende com uma explosão surda, as chamas saem pelas portas. Serafina, que caminha para o carro, afasta umas mulheres que iam comprar pão e contemplam fascinadas o incêndio, dizendo a elas:

— Saiam! O que vieram ver? Isso aqui não é da sua conta!

Quando os quatro entraram no carro, o Escada faz uma manobra mais complexa que de costume, para fazer a volta, depois acelera e o carro vai pelas ruas da cidade, indeciso por um tempo antes de encontrar a saída e por fim se afasta de Salto de la Tuxpana da mesma maneira que entrou, entre latidos de cachorros.

## 2

Os danos que o incêndio causou foram calculados em três mil pesos. A polícia encontrou no chão quarenta e oito cápsulas de calibre restrito. Todas as balas acertaram a parede. Uma delas passou roçando pelo ombro e pelo braço direito da senhorita Eufemia Aldaco, que estava no interior da padaria, causando-lhe escoriações. O padeiro Simón Corona e sua empregada, a senhora Aldaco, que eram as únicas pessoas que estavam na padaria quando ocorreu o incidente, sofreram queimaduras que não causam perigo à vida.

O agente do Ministério Público chegou às oito e meia ao pronto-socorro onde estavam sendo atendidas as vítimas e perguntou ao médico se os feridos estariam em condições de dar declaração, ao que o médico respondeu que haviam dado sedativos para a mulher, mas que o homem estava consciente. O agente entrou no quarto onde Simón Corona estava vendado e reclinado na cama e lhe fez as perguntas.

Como aconteceram os fatos?

Resposta: Ele estava sentado atrás do balcão esperando que a senhorita Aldaco fizesse as contas do que haviam vendido no dia quando escutou uma voz que dizia: "já não lembra de mim...?", etc.

Se ele suspeita de alguma pessoa ou de pessoas que foram os autores do ataque?

R.: Ele não suspeitava, mas tinha certeza, por tê-la visto em sua frente com uma pistola na mão, que a responsável pelo ataque havia sido a senhora Serafina Baladro, que tinha seu domicílio em — aqui entra um endereço na cidade de Pedrones, Estado de Plan de Abajo.

Se ele sabia qual podia ser o motivo de que a referida senhora etc.?

R.: Tinha vergonha de confessar, mas que no passado havia vivido por tempos variados com a senhora Baladro — "às vezes estávamos juntos e às vezes separados, porque ela tinha um gênio muito difícil" —, até que a abandonou definitivamente durante uma viagem que os dois fizeram para Acapulco, por ter então compreendido que ela não era digna de seu amor. Este abandono produziu nela um rancor tão grande que a fez procurá-lo por três anos até encontrá-lo.

Se ele sabia quem eram os outros três que participaram do ataque?

R.: Não, mas que podia descrever um deles por tê-lo visto de perto ao lhe vender umas *campechanas* alguns momentos antes do incidente — "não era nem baixo nem alto, nem jovem nem velho".

Se ele tinha ideia de como os meliantes haviam conseguido o rifle automático restrito e a pistola de calibre .45?

R.: Não, mas que havia tido a oportunidade de comprovar, na época em que viveram juntos, que Serafina Baladro sempre teve relações com os federais. Tomada a declaração, a ata lavrada e assinada, o agente fez o trâmite de costume, que consistia em dar parte a seus superiores, apontar a suposta responsável e pedir ao Procurador do Estado de Mezcala que pedisse ao Procurador do Estado do Plan de Abajo que pedisse ao agente do Ministério Público de Pedrones que pedisse ao chefe da polícia da citada cidade que apreendesse a senhora Serafina Baladro para que respondesse às acusações que lhe imputavam.

Passaram-se quinze dias. Os habitantes do Salto de la Tuxpana começaram a se esquecer do tiroteio quando o agente recebeu o seguinte telegrama:

"Examine novamente o declarante e averigue se, em companhia da acusada Serafina Baladro, realizou um sepultamento clandestino em 1960."

No segundo depoimento com o agente do Ministério Público, Simón Corona quis, antes de declarar, que lhe explicassem várias coisas: se era obrigatório ou voluntário dar informações que estavam pedindo a ele — "você está aqui por que quer ou forçado?", "porque quero", "então é voluntário" —, se Serafina Baladro havia sido apreendida —"diz aqui acusada, então está presa ou vai ser presa logo" —, se a sentença que ela iria receber seria maior se ele respondesse afirmativamente à pergunta que ele estava lhe fazendo — "o mais provável é que sim".

Satisfeito com estas respostas, Simón Corona relatou ao agente do Ministério Público o caso de Ernestina, Helda ou Elena. O agente leu a ata lavrada, o declarante não apresentou objeção ao conteúdo e assinou nela ao final, em conformidade. Esta assinatura lhe custou seis anos de prisão.

## Capítulo 2

# O CASO DE ERNESTINA, HELDA OU ELENA

# 1

Durante sua reclusão no cárcere, Simón Corona relatou o caso de Ernestina, Helda ou Elena da seguinte maneira:

Vi ela vir caminhando entre árvores da alameda e não quis acreditar. Aquela mulher vestida de negro com a bolsa de verniz na mão não podia ser a Serafina. Parecia-se com ela e se vestia como ela, mas não podia ser ela. De toda maneira, senti que meus joelhos tremiam. Será que ainda amo ela?, pensei.

Eu estava parado fora do quiosque da sorveteria esperando que desse as doze para ver um senhor da Secretaria da Fazenda com quem tinha que falar para que me perdoasse uns impostos. A mulher seguia caminhando entre as árvores e quanto mais se aproximava de mim mais se parecia com Serafina. Não pode ser ela, voltei a pensar para me tranquilizar; vive em outra cidade, não tem para que vir para Pajares. Ela seguia caminhando e se aproximando, acreditando, me disse depois, que o homem que estava parado fora da sorveteria não podia ser eu. Quando consegui ver seus pômulos salientes, os olhos negros repuxados e o cabelo amarrado para trás já era muito tarde. Era Serafina e tinha me encurralado.

Ela foi direto onde eu estava, abriu a boca como se começasse a sorrir — consegui ver o dente quebrado — e me deu a bofetada.

Não me mexi. Ela se virou e começou a se afastar. Eu olhei ao meu redor para ver quem tinha presenciado minha desonra e só encontrei o sorveteiro que desviou o olhar e fez como se estivesse muito ocupado colocando a colher no pote. Se risse naquele momento eu partiria sua cara, mas não riu e não tive outra solução salvo ir caminhando na direção oposta à que Serafina havia tomado.

Aconteceu a mesma coisa que outras vezes: ela fazia uma grosseria e era eu que ficava arrependido. A bofetada que tinha acabado de me dar eu esqueci, como tinha esquecido outras coisas que haviam acontecido anos antes, como o caso que ela teve com o agente de viagem e as cuecas que encontrei embaixo da cama. Na minha cabeça só ficou uma ideia: eu não podia viver sem Serafina, eu havia abandonado ela e nada mais me interessava no mundo, exceto que ela me perdoasse.

Fui caminhando pelas ruas tortas daquela cidade, sob o calor do sol e entre as moscas, porque era junho, dizendo para mim mesmo: "ainda te ama, a prova é que te deu a bofetada".

Eu me arrependi por não ter me ajoelhado para pedir perdão por ter abandonado ela quando a reconheci. "Quero voltar", queria ter dito para ela. Ao invés disso, havia ficado parado, sem dizer nada quando se aproximou, sem segui-la quando foi embora. Acreditava que a havia perdido para sempre e me sentia desesperado.

Estava ocupado com estes pensamentos quando cheguei a uma esquina. Virei para ver se vinha um carro e vi ela vindo. Estava a uma quadra longa de distância e caminhava devagar, como quem não tem nada para fazer e caminha matando o tempo. Serafina tinha então trinta e oito anos, mas ao vê-la de longe me pareceu uma menininha. Parou em frente a uma confeitaria, cruzou a rua, tropeçou com alguém que ia carregando algo volumoso e quando eu estava para decidir que seria melhor seguir meu caminho antes que ela me visse, ela me viu.

Mais uma vez não fiz nada, fiquei ali parado até que ela chegou aonde eu estava.

— O que está fazendo em Pajares? — me perguntou.

Disse a verdade, que tinha ido ver um senhor para que me perdoasse uns impostos.

— Eu também vim fazer o mesmo — disse.

Parecia que ao nos encontrarmos naquela rua estranha, em uma cidade estranha, àquelas horas, que aquilo fosse a coisa mais natural do mundo. Como se não tivéssemos nos separado dois anos antes com um arranca-rabo, como se não tivéssemos nos encontrado vinte minutos antes com uma bofetada. Nossa relação sempre foi assim. Nunca soube o que esperar dela.

Vi no meu relógio que eram mais de doze horas. Ia propor-lhe que fôssemos juntos para ver o senhor que ia perdoar nossos impostos, quando ela me disse:

— Leve-me para um hotel.

Tinha os lábios pintados de uma cor muito estranha, como violeta.

Ficamos no hotel do Comércio até as oito da noite, saímos dali com fome e fomos jantar no restaurante que fica na praça. Serafina tinha urgência para voltar para Pedrones e a mulher com a qual eu vivia na época devia estar inquieta me esperando em Salto de la Tuxpana, mas ao terminar de jantar, ao invés de nos despedirmos e ir cada um para o seu lado para cumprir com suas obrigações, voltamos para o hotel do Comércio e ficamos ali até o dia seguinte.

Se ao acordar tivesse ido para minha casa, aquele encontro com Serafina teria sido uma das tantas coisas que aconteceram na minha vida das quais mal me lembro e não tenho nenhuma razão para ficar contando por aí. Mas não fui para minha casa. Quando abri os olhos me lembrei da mulher com a qual eu vivia na época e a imaginei afligidíssima, acreditando que eu estaria estirado no lado da estrada, coberto de sangue e me deu ainda menos vontade de vê-la. Vesti a camisa, debrucei-me na janela e vi os loureiros da praça e os tordos cantando. Depois olhei a cama e vi a Serafina adormecida e me deu vontade de acordá-la.

Esperei que tomasse banho e se vestisse e quando estava sentada em frente ao espelho, fazendo a trança, vi que o reflexo que tinha era muito diferente da cara dela, coisa que eu já havia notado antes. Lembrei de tempos melhores, senti uma emoção muito grande e disse a ela: — Te levo para Pedrones.

Mas ela não ia para Pedrones. A urgência que tinha para estar lá havia passado. Ia para San Pedro de las Corrientes, onde havia sido convidada para comer na casa de sua irmã, Arcángela. Como eu não queria me separar dela, lhe disse:

— Pois então te levo para San Pedro.

Meu carro, um Ford 55, estava em uma mecânica nas margens de Pajares. Se quando chegamos na porta o mecânico tivesse saído para me dizer, como as vezes acontece, "o carro não está pronto, porque não conseguimos a peça que falta", eu teria acompanhado Serafina até o terminal de ônibus, teríamos nos despedido ali e minha vida teria sido outra. Mas o carro estava arrumado, arrancou com a primeira pisada e aqui estou, com seis anos de sentença pela frente.

Para ir de Pajares a San Pedro de las Corrientes você sai por um caminho inclinado no qual, por melhor vista que tenha, não consegue ver nada além de pedras, mas ao chegar no topo o panorama muda: à esquerda se vê o vale de Guardalobos, um dos mais férteis do Estado de Plan de Abajo, no qual não há um só pedaço sem cultivo, onde não tem alfafa tem morango, e onde não é milharal é trigal. Até as acácias que crescem nas acéquias estão frondosas. Sempre gostei desse vale, mas naquela manhã gostei mais do que das outras vezes, porque estava contente de ter a Serafina ao meu lado, muito tranquila com a mão sobre a minha perna. Senti que não tinha preocupações e perguntei a ela:

— Não sente que o coração aumenta ao ver isto?

Mas enquanto eu olhava para a esquerda e via o vale, ela olhava para a direita e via a serra de Güemes. Por isso entendeu que o que aumentava o coração era a estátua de Cristo Rei, que está na ponta do pico mais alto, olhando para o poente, as pessoas dizem que é como se quisesse abraçar o Estado de Mezcala. Serafina tirou a mão que tinha sobre a minha perna e disse:

— Você sempre quis fugir para a tua terra.

Minhas relações com ela sempre foram assim. Eu dizia uma coisa bonita e ela respondia com uma patada. Não me incomodei porque sabia muito bem do que ela estava reclamando. Cada vez que a abandonei eu fui para Salto de la Tuxpana, que está no coração de Mezcala, por isso ela sempre teve má vontade com essa cidade e não se podia nem dizer o nome na frente dela, nem que as goiabas dali são boas. Aquela manhã, ela ficou triste como se eu tivesse dito "Salto de la Tuxpana", e disse:

— Você acha que não sou digna de você só porque sou cafetina.

Fiquei irritado e disse a ela:

— Não te deixei por ser cafetina, nem estava olhando para a estátua de Cristo Rei, mas para o outro lado. E por que vai ficar falando dessas coisas que não servem para nada se sabe que a única coisa que vai conseguir é estragar um dia bonito?

Não sei em que corda eu toquei. Ela voltou a pôr a mão sobre a minha perna e não falou mais nada.

Teria sido melhor se eu tivesse feito ela descer do carro quando falou aquele atrevimento. Nós dois teríamos sido mais felizes.

Em Huantla nós compramos abacates e sentamos para comê-los nas pedras que estavam embaixo de uma acácia. Tudo estava quieto. Só se ouviam as rolinhas. De onde estávamos, conseguíamos ver a terra negra da represa e as juntas arando. Ao ver tanta paz, nos esquecemos de nossas brigas e até que tínhamos ido para Pajares para resolver um negócio e não havíamos resolvido nada. Serafina disse "ah, se a vida fosse sempre assim!", ou alguma coisa do tipo.

Antes de voltar para o carro, entramos nas ruínas da fábrica de fios e tecidos por curiosidade, e ali, entre os galpões vazios e tetos caídos, Serafina quis que eu voltasse a possuí-la e voltei a possuí-la. Depois seguimos viagem e chegamos a San Pedro de las Corrientes às duas da tarde.

Serafina havia me convidado para comer na casa de sua irmã, mas eu não tinha francamente nenhuma vontade de encarar Arcángela. Eu sabia que ela nunca teve grande simpatia por mim e imaginava que desde que abandonei sua irmã em 58 isso tinha diminuído ainda mais. Por isto, tinha decidido que aquela aventura terminara na porta do México Lindo.

— Me despeço de você no carro — disse para Serafina —, e que Deus te abençoe.

Mas o destino tinha outra história escrita. Ao fazer a volta com o carro para entrar na rua de Allende, a primeira coisa que vi, parada na banqueta, foi a dona Arcángela. Parecia enlutada. Estava coberta com um xale apesar do calorão, e tinha uma moça de cada lado. As três olhavam para onde eu vinha como se estivessem me esperando.

Não tive remédio salvo fazer bem o que não queria: parar o carro, desligar o motor e descer para cumprimentá-la. Quando me viu abrir a porta me lançou uma olhadinha com aqueles olhinhos de porco que ela tem, como se dissesse "só me faltava esse aí". Mas durou pouco, depois abriu os braços e me disse com carinho:

— Que prazer te ver, Simón!

Depois me abraçou e até me deu um beijo. Nesse momento eu devia ter desconfiado, mas não o fiz, apesar de que me dei conta de que o prazer que Arcángela tinha em me ver pegava de surpresa tanto a Serafina quanto a mim. Disse que só estava de passagem, mas não me valeu de nada; eram duas e meia, a comida estava quente e a dona da casa estava feliz em voltar a me ver. Fez questão de que eu colocasse o carro na casa. Pelo portãozinho que está junto ao do cabaré.

— Assim não corre o risco que uns molequinhos travessos aprontem com ele.

Enquanto eu fazia a manobra, ela se pôs a falar com Serafina de coisas que pareciam muito sérias. Ao descer do carro, notei que, coisa rara a essas horas, a maioria das mulheres estava no corredor, empetecadas no gradil, conversando umas com as outras ou olhando para mim.

Quando entramos na sala de jantar, dona Arcángela tomou-me pelo braço e disse:

— Fico feliz que tenha voltado, porque os homens que minha irmã teve desde que você foi embora foram uma calamidade.

Eu queria explicar para ela que não tinha voltado, que só estava de passagem, mas ela não me deixou falar. Fez com que eu me sentasse em uma cadeira, colocou na minha frente uma garrafa de tequila muito especial, segundo ela, disse para as duas moças que estavam com ela para que trouxessem um limão e sal e depois saiu da sala de jantar com a Serafina.

As Baladro saíram por uma porta, as moças saíram por outra, e fiquei cerca de uma hora sozinho na sala de jantar, sentado naquela cadeira, em frente à garrafa, na qual de vez em quando dava um trago, porque ninguém foi me levar um copo. Quando finalmente a porta se abriu e entraram Arcángela e Serafina, me levantei e disse a elas:

— Estou indo, porque ficar sozinho e passar fome fico melhor no meu carro.

— Simón — então me disse Serafina —, minha irmã tem um problema muito grande.

Explicou que uma das mulheres que trabalhavam no México Lindo, que se chamava Ernestina, Helda ou Elena, havia morrido na noite anterior e não sabiam o que fazer com o cadáver.

— Façam um velório e levem para o cemitério — aconselhei.

Arcángela me disse que a defunta havia falecido por morte matada e não podia ser enterrada em um cemitério sem a intervenção do Ministério Público.

— E isso não posso permitir — finalmente disse —, porque me prejudica.

Não tinha outra solução, então, senão levar o cadáver pela estrada de Mezcala e jogá-lo onde ninguém o encontrasse. Mas ali começava a segunda parte do problema: não encontravam o Escada, que era o único motorista de confiança que as Baladro conheciam.

— Por isto estou tão aflita — disse Arcángela, secando as lágrimas que pareciam que brotavam.

Então eu respondi:

— Não se preocupe, Arcángela, eu levo a morta no meu carro e a deposito onde você me indicar.

Quando terminei a frase já tinha me arrependido de ter dito aquilo, mas já era muito tarde. A verdade é que o tempo todo já tinha sido muito tarde. Para que as coisas tivessem sido de outra maneira, seria preciso que eu não tivesse ido para Pajares no dia anterior para pedir que me perdoassem os impostos. Cinco minutinhos antes eu era um homem que estava esperando que lhe dessem de comer e agora estava comprometido a levar um cadáver para a serra.

Elas ficaram agradecidíssimas quando ouviram a minha oferta. Serafina colocou a mão na minha perna. Tenho certeza de que teria se entregado ali mesmo, mas eu não estava com humor para aquilo. Arcángela enxugou as lágrimas e saiu da sala de jantar. No pátio, ouvi ela gritar:

— Diga para o Escada que não precisamos mais dele.

Depois soube que não é que não tinham encontrado o Escada, mas que ele queria cobrar mil pesos pelo trabalho.

Arcángela logo voltou com umas notas dobradas e entregou-as para mim:

— Toma, para ajudar com a gasolina.

Eram quinhentos pesos, que eu coloquei no bolso. Tive ânimo o suficiente para ao menos colocar uma condição:

— Levo a defunta onde vocês quiserem, mas não toco nela.

Quando trouxeram a sopa, eu já não estava com fome.

## 2

Disse que se chama Simón Corona González, que tem 42 anos, que é casado, mexicano e está radicado em Salto de la Tuxpana; que é padeiro, que não sabe ler nem escrever, só assinar, que é católico, que quase não toma bebidas alcoólicas, que não fuma maconha nem se intoxica com droga ou narcóticos. Interrogado se está declarando voluntariamente, respondeu que sim.

Disse que conheceu Serafina Baladro em 1952, em Pedrones, em uma casa que ela tinha nas ruas do Molino, que no dia em que a conheceu se tornou seu amante e que viveram juntos por dois anos, passados os quais a abandonou para voltar para Salto de la Tuxpana. Que no ano de 1957, por convite da mencionada Serafina, voltou a se juntar com ela e que viveram juntos por um ano, passado o qual a abandonou pela segunda vez para voltar para Salto de la Tuxpana. Disse também o seguinte:

"Em 1960, encontrei acidentalmente Serafina na cidade de Pajares e ela quis que eu a levasse para casa de sua irmã Arcángela, em San Pedro de las Corrientes. Ao chegar neste lugar, Arcángela me disse: "coloque o carro no pátio", e eu obedeci. Me levaram para a sala de jantar e me deram uma garrafa de tequila, para que bebesse, depois entraram as duas irmãs e me disseram: "logo que escurecer você vai pela estrada e atira em um barranco o corpo de uma moça que morreu". Fomos no meu carro pela estrada de Mezcala até chegar a uma curva onde Arcángela me disse "pare aqui", e eu obedeci. Não vi quando puseram a defunta no carro, mas tive que ajudar a descê-la, porque havia ficado dura e entre Arcángela, Serafina e uma moça chamada Elvira, que nos acompanhou, não conseguiam tirá-la do porta-malas. Quando íamos carregando-a para jogá-la na barranca, caiu o saco que cobria a cara: tinha as feições angulosas e os olhos muito grandes e abertos. Segundo me disseram, se chamava Ernestina, Helda ou Elena. Quando voltamos para San Pedro de las Corrientes e Arcángela estava descendo do carro na porta de sua casa, ela me disse: "se algum dia abrir o bico sobre o que aconteceu hoje à noite, vou te buscar onde quer que se esconda e te encontro". Depois, Serafina e eu fomos juntos para Pedrones, onde vivemos juntos por seis meses, passados os quais a abandonei pela terceira vez para voltar para Salto de la Tuxpana."

## Capítulo 3

# UM VELHO AMOR

# 1

A senhora Juana Cornejo, codinome a Caveira, contou o seguinte, que se refere às relações entre Simón Corona e Serafina Baladro.

Dos companheiros que a senhora Serafina teve, dom Simón foi o mais respeitoso. Ele me chamava de "senhora Calaca"[4], as moças de "senhoritas", quando pedia alguma coisa era "se não for muito incômodo", saía do cômodo "com licença".

Levantava cedo e entrava na cozinha quando eu estava acendendo o fogo.

— Muito bom dia, senhora Calaca.

Às vezes saía e ficava fora por um longo tempo, mas quando voltava para casa, a primeira coisa que eu via de manhã era dom Simón dando-me bom dia.

Enquanto eu fazia o café da manhã ele me contava sobre Salto de la Tuxpana. Para ele não havia nada como ir caminhando de tarde, de mãos dadas com uma moça, pela margem do rio Piedras.

Dizem que dom Simón passava as manhãs sentado na Praça de Armas, ouvindo música, e as tardes jogando dominó em um bar. Voltava para casa de noite e não entrava no cabaré, mas ia direto para o quarto da senhora. Não voltávamos a vê-lo até o dia seguinte.

Às vezes ficava sério, olhando por um tempo para o *chilaquiles*[5] ao invés de comê-los, e depois me dizia:

— Eu vivo com um pé no estribo.

Deixava o café da manhã pela metade e ao invés de ir para a Praça de Armas ia para o quintal e se sentava embaixo da goia-

4 CALACA: Expressão utilizada no México para se referir a uma caveira ou esqueleto, também sendo entendida como uma personificação generalizada da morte e, portanto, sendo utilizada sobretudo no tradicional Dia dos Mortos mexicano.

5 CHILAQUILES: são um prato tradicional mexicano preparado com tortilhas de milho cortadas em formato triangular e fritas, geralmente cobertas com um molho vermelho ou verde e servidas com queijo.

beira. Passado um tempo, a senhora Serafina ia lhe perguntar o que estava acontecendo. Ele deve ter dito que estava cansado da vida que levava em Pedrones e que queria voltar para Salto de la Tuxpana, ela deve ter respondido que tudo bem, que fosse, e entrava na cozinha chorosa para tomar o café da manhã.

Estas não eram brigas como as que se tem por ciúmes, mas dificuldades em função de que dom Simón de vez em quando tinha vontade de ir embora. Foi embora três vezes por uma longa temporada e voltou duas vezes, mas as que quis ir embora e não foi foram muitas.

Um dia colocou suas coisas em uma trouxa e andava pela casa se despedindo.

— Vou com o ônibus das cinco e meia — dizia para nós.

Isto aconteceu antes que dom Simón tivesse um carro.

Estava nas despedidas quando bateram na porta, abro e vejo o capitão Laguna e outro militar. Perguntavam por dom Simón.

— Foi faz muito tempo — disse a eles, porque eu sabia que dom Simón não era amigo deles.

Quis a Divina Providência que aqueles homens não entrassem na casa, porque teriam encontrado dom Simón virando na primeira curva do corredor. Eles não entraram, mas também não acreditaram em mim, porque ficaram esperando na esquina. Quando dom Simón soube que os federais tinham vindo buscá-lo e que estavam esperando por ele lá fora, não se atreveu a sair na rua por meses, nem se lembrou de Salto de la Tuxpana.

Dessa vez teve sorte. Das outras foi pior: os soldados o seguiram e o alcançaram uma vez em San Pedro de las Corrientes, outra em Muérdago. O traziam de volta para Pedrones e o prendiam no quartel, fazendo ele sofrer, porque o colocavam para limpar as sujeiras. Isso durava até que a senhora Serafina, que era amiga do coronel Zarate, intercedia por ele e arranjava para que o soltassem. Dom Simón voltava para casa como se tivesse visto um fantasma, comia uma pilha de tortilhas e não voltava a falar por muito tempo que vivia com um pé no estribo.

Um dia lhe perguntei o que levava na consciência que os de verde tanto o perseguiam. Me disse que era desertor: quando era jovem havia entrado na cavalaria e não aguentou os sofrimentos. Por sair três meses antes de completar o serviço foi perseguido por vinte anos.

## 2

Sobre suas relações com Simón Corona, Serafina Baladro disse:

Quando Simón chegou pela primeira vez na casa do Molino ele era um homem sem nenhuma educação. O vi parado no bar, sozinho, sem falar com ninguém. E este grandão ali, pensei, o que será que quer? Para quebrar sua timidez o tirei para dançar. Não sabia dar um passo, mas eu, que danço muito bem, fui ensinando e ele foi aprendendo aos poucos.

— Paga uma bebida — disse a ele depois de um tempo.

O inocente me confessou que só tinha quinze pesos.

— Dê graças a Deus — disse a ele — que a patroa gostou de você.

Não entendia que eu era a dona da casa. Acontecia com ele a mesma coisa que com os outros: me viam jovem e tão bonita, que não podiam imaginar que fosse a cafetina.

— Me dê esses quinze pesos — disse a ele — e o resto corre por minha conta.

Para ser sincera, vou dizer que gostei dele. Sentamos em uma mesa e ele me disse que vinha do Salto de la Tuxpana e que era padeiro.

— Deve ter umas crostas de migalhas no umbigo — disse a ele. — Quero que se lave muito bem antes de ir pra cama comigo.

Levei ele para o meu banheiro, que era algo que ele nunca havia visto. Ao vê-lo ali parado, pelado, movendo as torneiras de água quente, senti uma emoção muito grande, porque Simón era um homenzarrão muito bruto, mas muito amável.

Eu o eduquei. Se agora é alguma coisa, deve isso a mim. Quando o conheci, parecia que tinha acabado de descer da montanha.

Desde o começo nossa vida foi desigual. A maior parte do tempo éramos felizes, mas às vezes eu notava que meu negócio se colocava entre os dois. Por exemplo, ficava com ciúmes que eu atendesse os clientes, conversando com eles ou me sentando nas mesas; ficava incomodado que eu me deitasse lá pelas duas ou três da manhã.

— É o meu trabalho — eu lhe dizia. — Se não fizer isso, de que caralho vamos viver?

Também não gostava que eu o sustentasse.

— Se não quer ser sustentado, trabalhe — eu dizia a ele —. Não é obrigado a não fazer nada.

Eu lhe propunha que se distraísse contanto as garrafas vazias, ou que se encarregasse de entregar as fichas para as moças. Podia ao menos ter se proposto a dar uma volta de vez em quando pelo cabaré, para se assegurar que não faltasse um copo para nenhum cliente.

— Não sou cafetão — me respondia —. Sou padeiro.

O caso é que nos anos em que viveu comigo não teve que se esforçar para ganhar um peso.

Das três temporadas que vivi com Simón, a última foi a melhor. Ele reclamava menos e eu estava apaixonada. Me sentia tão feliz que até me deu vontade de conhecer o mar.

— Me leve para Acapulco — disse a ele.

Ele ajeitou o carro muito bem, eu peguei mil e quinhentos pesos do caixa e fizemos a viagem.

Já no caminho devia ter imaginado que algo terrível me esperava. Fez muito calor. Eu ia vestida de negro e já não tinha mais o que tirar. Tinha esperança de ver o mar por trás de cada colina e em vez do mar via outra colina. Era tanta má sorte que no pouco tempo em que fiquei adormecida foi bem quando o mar apareceu e quando acordei já estávamos na cidade. Ficamos em um hotelzinho que tinha um pequeno sapotizeiro no pátio. Pagamos trinta pesos pelo quarto. Logo que fechei a porta, tirei a roupa e me deitei de barriga para cima. Em menos de um minuto Simón estava em cima de mim.

— Saia — disse a ele — não vê que estou com muito calor?

Simón se levantou sem dizer nada, penteou-se, colocou uma camisa limpa e foi para a rua.

Eu logo me arrependi por ter dito para que saísse. Fiquei pensando, e se ele me larga por outra neste lugar desconhecido?, porque sempre soube que em Acapulco há muitas tentações. Passou muito tempo antes que eu me atrevesse a sair para a rua para buscá-lo. Tinha medo de não voltar a vê-lo.

Mas não foi assim. Em três quadras o encontrei. Estava sentado em um banco do Zócalo, como costumava se sentar na Praça de Armas de Pedrones, a ouvir a música. Fiquei tão feliz de encontrá-lo que chorei em seus braços. Depois de jantar fomos dançar na Quebrada.

A primeira coisa que fizemos no dia seguinte foi comprar trajes de banho e depois fomos para a praia. Não me atrevi a entrar no mar, mas fiquei sentada embaixo de um guarda-sol tomando cerveja e vendo como o Simón era derrubado pelas ondas. Ali foi onde um rapazinho me vendeu os bilhetes para fazer uma viagem em um barco que tinha orquestra. Depois de comer fomos no cais e o encontramos. Era um barco com open bar, então ficamos bebendo e dançando. Já que estava entardecendo, ficamos olhando o sol que se punha no mar. Foi nesse momento quando senti que aquele havia sido o dia mais feliz da minha vida, então perguntei para Simón: "— Você me ama?"

Ele me respondeu que sim e então eu lhe propus vender o meu negócio e me afastar da prostituição, dar o dinheiro para ele, para que pudesse comprar uma padaria e irmos viver juntos em Salto de la Tuxpana, que era o lugar que ele gostava. Ao ouvir tudo isso ficou muito contente.

Quando descemos do barco fomos caminhando pela cidade de mãos dadas, como se fôssemos recém-casados. Quando chegamos ao hotel tirei meu vestido e disse para o Simón:

— Agora sim eu quero que você venha em cima de mim.

E ele veio em cima de mim e eu senti que nunca havia amado tanto a ninguém e que o amor que eu e Simón tínhamos ia ser eterno. Por isso contei a história da minha vida. Disse tudo, até que era eu quem havia arrumado com o coronel Zarate para que mandasse os soldados o perseguirem e o prenderem no quartel e o incomodarem cada vez que tentava me abandonar.

Antes que eu terminasse de falar notei que estava ficando com uma expressão séria no rosto. Tive que lhe explicar:

— Isto que estou te contando eu fiz pelo amor tão grande que sinto por você.

Não respondeu. Levantou-se da cama dando-me as costas e começou a se vestir.

— Está bravo? — perguntei.

— Vamos jantar — me respondeu sem me olhar.

Eu coloquei a roupa correndo dizendo para mim mesma: "Você trocou os pés pelas mãos!"

Saímos na rua e fomos caminhando em silêncio. De repente, Simón parou e disse:

— Vou comprar uma garrafa de rum nessa loja que está ali em frente. Escute bem isso que vou te dizer: você me espera aí onde está parada e não se mova desse lugar, porque do contrário eu vou na loja e volto e não te encontro.

Eu queria alegrá-lo e lhe disse que esperaria onde ele mandasse. Vi ele cruzar a rua e entrar na loja. Fiz o que ele me mandou: esperei onde ele me disse para esperar. Passado um tempo, comecei a me angustiar: será que caiu morto no momento em que comprou o Bacardi?, eu pensava. Não me atrevia a cruzar a rua e entrar na loja para buscá-lo. Imagina se quando eu vou lá ele vem aqui, não me encontra e fica mais bravo do que está? Quando vi que começaram a baixar as cortinas dos comércios não aguentei mais. Cruzei a rua e entrei na loja. Não vi o Simón, mas vi que a loja tinha outra porta que dava para outra rua. Foi aí que compreendi que o amor que a pouco tinha me parecido eterno havia terminado.

Quando voltei para o hotel me disseram que Simón "havia saído com o carro". Não teve sequer a decência de pagar a conta.

Aconteceu isso comigo porque fui sincera com um homem que não merecia.

## Capítulo 4
## ENTRA BEDOYA

# 1

Ao descrever o estado geral de sua saúde e de seu ânimo durante os meses que se seguiram a sua separação de Simón Corona em Acapulco, Serafina Baladro fala de dores de cabeça, uma preferência mórbida de comer sardinhas de lata com pão, na sala de jantar quase na escuridão, vontade de não falar com ninguém, falta absoluta de interesse no negócio e horror aos homens; pela única vez em sua vida ficou abstinente por quarenta e sete dias, descuidou de sua aparência — ficou quase um mês sem fazer a trança — e disse que só de pensar que alguém colocava as mãozonas nela já sentia náusea; no final desta temporada teve uma relação emotiva — e platônica — com uma empregada chamada Altagracia, a quem depois demitiu.

Tinha insônia. Passava o final das noites e o começo das manhãs com os olhos abertos, encerrada em diálogos imaginários com Simón Corona. Neles, reprovava sua ingratidão, demonstrava a ele que tudo o que ela havia feito tinha sido para o benefício dele, fazia listas dos favores que ele devia a ela. Na escuridão, ela diz que não se atrevia a tirar o braço debaixo dos lençóis para acender a luz, por medo de que uma mão fria a tocasse.

Na última destas noites despertas compreendeu que Simón não ia voltar com ela e decidiu que se não iria ser seu, não seria de ninguém. Ou seja, tomou a firme decisão de buscá-lo por toda a face da terra até encontrá-lo e matá-lo. Imaginou a si mesma com uma pistola na mão, disparando, e em um canto, com buracos na camisa, Simón Corona fazendo um gesto de dor. Depois de contemplar esta imagem adormeceu profundamente.

Na semana seguinte fez sua primeira viagem para Salto de la Tuxpana, a cidade que desgostava. Levava em sua bolsa de vime uma pistola calibre .25, na qual não confiava, e uma tesoura, caso a outra falhasse.

Andou pela cidade, que lhe pareceu horrível, perguntando por Simón Corona, sem encontrá-lo. Ao contrário, trombou com duas mulheres que haviam sido amantes dele — Simón havia abandonado uma delas para ir embora com Serafina, havia abandonado Serafina para ir embora com a outra e havia abandonado a outra para voltar com Serafina.

Aquelas três mulheres que durante anos haviam se detestado, duas delas conhecendo-se apenas de vista e as três por vagas referências, reuniram-se em um restaurante e se deram muito bem. Eram unidas por sua condição comum de abandonadas e pela perfídia de um só homem: Simón Corona.

— Estou tão ressentida que estou procurando-o para causar nele um mal que vá realmente doer — confessou Serafina.

Posto que as outras não apresentaram objeções nem se recusaram a participar na iniquidade, as três celebraram um pacto, segundo o qual as duas que viviam em Salto de la Tuxpana se comprometeram a avisar Serafina, por telegrama, no momento em que Simón Corona voltasse para a cidade. Serafina se comprometeu, por sua vez, a entregar quinhentos pesos para qualquer uma das duas que lhe desse uma informação que se provasse verdadeira. Quando entraram em acordo, brindaram com conhaque Urdiñola. Naquela tarde, foi a primeira vez que se viu em um restaurante de Salto de la Tuxpana três mulheres desacompanhadas bêbadas.

O pacto estava destinado a não ter efeito. Simón Corona, depois de abandonar Serafina em Acapulco, ficou trabalhando por três meses em uma padaria de Mezcala. Quando voltou finalmente a Salto de la Tuxpana, suas duas ex-amantes cumpriram com suas respectivas partes do trato, enviando a Serafina, em Pedrones, seus respectivos telegramas. Mas neste tempo Serafina havia perdido completamente o interesse na busca. Não pagou quinhentos pesos a nenhuma de suas informantes e dois anos e nove meses se passaram antes que ela realizasse a vingança que aparece no primeiro capítulo.

# 2

Quando Serafina Baladro viu pela primeira vez o capitão Bedoya, ela estava parada na esquina das ruas da Soledad e de Cinco de Mayo, em Pedrones. Ele ia montado em um cavalo tordilho — emprestado —, com sabre desembainhado e capacete. Ouvia-se a *Marcha Dragona*. Era o desfile de 16 de setembro de 1960. Ela disse que prestou atenção nele porque ia montado em um cavalo diferente dos outros e porque era o mais preto de todos os que passaram — um regimento. Ele não a viu. Passado o desfile, Serafina foi para sua casa e não voltou a se lembrar do capitão até cinco meses depois, quando voltou a encontrá-lo e o reconheceu.

Nesse intervalo podemos imaginar o capitão Bedoya montado em outro cavalo — este é alazão de pelagem mais escura e propriedade do governo — que caminha de passagem por uma vereda escabrosa da serra de Güemes. Faz calor, as moscas param na cara do capitão, os palos santos estão florescendo. Atrás dele vai uma fila de soldados montados, que partem com as duas mãos os galhos das acácias. Em sua frente vai só um homem: um agricultor de sandálias e chapéu largo que caminha a pé. É o informante.

A vereda se torna cada vez mais estreita e quando parece que termina o agricultor para e levanta o braço para indicar algo que está do outro lado do vale: ali estão as flores (papoulas).

Podemos imaginar a emboscada: dois camponeses chegam ao vale — que parece deserto — com uns sacos para colher suas plantas; o susto: compreendem que estão rodeados por federais; a tortura: algo muito simples, como o dedo quebrado ou o pé queimado como os de *Cuauhtémoc*[6]. Não são heróis. Dizem o nome do arrendatário que lhes fornece a semente e compra a produção.

---

6 CUAUHTÉMOC: foi um líder asteca nascido em 1502, o último Tlatoani de Tenochtitlán, resistente ao domínio espanhol. Ao ser capturado por Hernán Cortés em 1525 foi torturado, tendo seus pés queimados no fogo.

O passo seguinte não está documentado. Não se sabe como o capitão Bedoya soube que Humberto Paredes, o denunciado, era filho de Arcángela Baladro, nem que instinto o conduziu a visitar a mãe ao invés de avisar a polícia para que prendessem o filho.

Ao terminar a gloriosa patrulha — nunca antes havia descoberto um plantio —, o capitão voltou para a base, escreveu no relatório que havia prendido dois prisioneiros e queimado a colheita, mas não que aqueles lhe haviam dito o nome do traficante. Depois tirou o uniforme e, vestido de civil, fez a viagem para San Pedro de las Corrientes em um ônibus da linha Flecha Escarlate.

Sua conversa com Arcángela pôs à prova seu temperamento. Ela o tratou primeiro com soberba, porque acreditou que queria lhe vender algo, depois o tomou por um abutre do departamento de Saneamento — os banheiros do México Lindo nunca funcionaram corretamente — e quando ele disse que o assunto a tratar se referia a Humberto Paredes ela o fez passar à sala de jantar pensando que era um amigo de seu filho que vinha pedir dinheiro emprestado. A confusão foi incômoda, o esclarecimento foi tormentoso.

O capitão, com uma firmeza que mais tarde, cada vez que recordava o incidente, o deixava assombrado, se empenhou em passar sua mensagem do começo ao fim: o filho da senhora era fornecedor de drogas; não só era um delinquente, mas havia sido denunciado e estava praticamente preso. Como resultado disto, teve que contemplar, em minutos que lhe pareceram horas, o trânsito doloroso de uma mãe entre a ignorância e o conhecimento.

No primeiro momento de incredulidade, Arcángela insultou o capitão — "você é um mentiroso", lhe disse. Ele não se abalou. Repetiu a acusação. Arcángela, então, tentou explicar ao capitão tudo o que uma mãe pode sofrer: ela, que queria que seu filho tivesse estudado medicina, que havia se sacrificado se separando dele, para que o menino não tivesse más influências e se convertesse em um homem de boa índole, que havia pagado uma fortuna em colégios, via-se agora diante da terrível realidade: seu filho era traficante de drogas.

— Como você quer que eu me sinta, capitão? Os trabalhos e as privações de toda minha vida jogados no lixo pela insensatez de um rapazote.

Chorou abundantemente. Tirou a toalha branca com manchas de café com leite que havia sobre a mesa e a usou para enxugar as lágrimas. No silêncio que se produziu quando Arcángela fazia esta operação, o capitão Bedoya teve tempo de dizer:

— Eu não quero prejudicar esse rapaz...

O capitão saiu do México Lindo com cinco mil pesos no bolso.

Este foi o primeiro contato que o capitão Bedoya teve com as irmãs Baladro. Uns meses mais tarde, quando Serafina, em seu afã de vingança, quis comprar uma arma mais poderosa que a pistola que tinha e contratar um professor de tiro, Arcángela recomendou como homem digno de confiança o capitão Bedoya.

## 3

Serafina queria uma arma grande, ainda que ao disparar ela tivesse que segurá-la com ambas as mãos, ainda que o coice levantasse a boca do cano, ainda que o disparo fosse ensurdecedor, ainda que a bala, ao entrar no peito da vítima, abrisse um rombo nas costas. Todos estes defeitos eram compensados, na opinião de Serafina, com a segurança de que uma arma deste tipo lhe dava de que o "justiçado", já ferido, não ia vir caminhando até ela, com o olhar de louco e os braços abertos, como se quisesse lhe dar um abraço.

Arcángela, depois de fazer a recomendação, arranjou o encontro. Na data marcada, o capitão Bedoya se apresentou na casa do Molino, em Pedrones, às oito da noite em ponto, se dirigiu ao encarregado do bar e pediu para falar com a dona.

Serafina, que estava em sua temporada de abstinência, havia decidido tratar o capitão com cortesia, mas com distância. Seu plano era recebê-lo em um cômodo privado, explicar-lhe o que queria, ele lhe diria se era possível conseguir e quanto custava; se seu preço fosse razoável, chegariam a um acordo e fechariam o trato; então ela pensava em chamar várias meninas, fazer com que trouxessem garrafas e se levantar da mesa dizendo ao capitão que estava em casa, que bebesse e fizesse o que quisesse, que os gastos eram por conta dela. Dito isto, se despediriam, ela sairia do cômodo e iria cuidar do seu negócio.

No começo da conversa ocorreu algo que Serafina não havia levado em conta: quando o capitão entrou no cômodo ela o reconheceu como o homem mais preto do regimento — o capitão Bedoya é negro retinto.

— Você tem um cavalo tordilho?

O capitão se sentiu inclinado a responder:

— É emprestado, senhora — de toda maneira, sentiu a bajulação.

— Senhorita, por favor.

O capitão Bedoya pediu perdão, corrigiu, se sentou, aceitou o brandy que Serafina lhe ofereceu e foi correto e prestativo. O que a senhorita queria? Uma pistola grande — ela explicou as características que buscava. Ele recomendou uma .45 especial, do exército, restrita. Ele podia consegui-la por mil e duzentos pesos e entregá-la em duas semanas com cem balas.

— Você quer parte do dinheiro antecipado?

— Nem um centavo.

Ela também queria que alguém lhe ensinasse a manejar a pistola. O capitão prometeu levá-la para um lugar deserto onde ela poderia praticar até ter domínio absoluto da arma. Quanto custariam estas aulas? Ele voltou a dizer "nem um centavo".

O trato estava fechado. Havia chegado o momento no qual Serafina se levantaria para chamar as meninas. Disse que não sabe o que lhe deu por ficar papeando mais um pouquinho com aquele homem tão feio. Ela serviu outro copo e lhe perguntou da vida militar, que dizem que é tão sacrificada. O capitão falou com fluidez sobre as cavalgadas, sobre passar fome, sede, sobre noites de aguaceiro fazendo guarda. De repente, a conversa cessou.

Serafina viu que o capitão colocava o braço direito por baixo da mesa e depois sentiu uma mão que se pousava em seu ventre. Disse que tomou um susto, mas que não soube o que fazer.

Naquela noite Serafina terminou sua abstinência e esqueceu a vingança.

# 4

Serafina conheceu o capitão Bedoya em 3 de fevereiro de 1961. A influência que o capitão exerceu nos destinos das irmãs Baladro durante os meses que seguem a esta data é notável. Ele havia prometido conseguir a pistola em duas semanas, mas teve sorte e a conseguiu em três dias. Colocou-a, junto com o arsenal de cem cartuchos, em uma caixa de sapato vazia e com aquilo sob o braço apresentou-se pela segunda vez na casa do Molino, se aproximou do empregado do bar e disse que queria falar com a dona. Serafina saiu para cumprimentá-lo radiante, o fez entrar em seu quarto, onde ele lhe entregou a pistola, ela entregou o dinheiro e, fechado o trato, passaram a noite juntos.

Passados três dias, o capitão volta a se apresentar na casa do Molino. Desta vez às onze da manhã. O capitão está uniformizado. Bate na porta da casa, porque a do cabaré está fechada, e quando a Caveira abre para ele, pergunta pela senhorita — Serafina foi senhora para todos e senhorita apenas para ele. Depois de fazê-lo esperar um tempo no corredor, ela apareceu, arfante e corada, em um robe lilás. O capitão lhe disse que vinha para lhe dar sua primeira aula de tiro. Serafina se vestiu rapidamente e colocou um chapéu largo com um lenço para protegê-la do sol. Acreditava que o capitão ia levá-la, como havia lhe dito, a um lugar deserto, no campo. Não foi assim. Pegaram um ônibus Flecha

Escarlate que os levou a Concepción de Ruiz, a cidade onde o capitão estava destacado.

(Esta viagem de Serafina a uma cidade que ela só havia visto de longe como um monte de casas no meio de uma planície foi determinante em sua vida e nas dos outros protagonistas desta história. Concepción de Ruiz não está na estrada de Mezcala, que une Pedrones com San Pedro de las Corrientes, mas está conectada com ela por um desvio de três quilômetros.)

O capitão havia inventado patrulhas, escoltas e exercícios de travessia de campo para entreter seus soldados, a fim de que não tivesse ninguém da esquadra de guarda naquela metade do dia. Serafina recebeu do capitão a instrução preliminar sobre o uso das armas e depois fez seu primeiro disparo — errático — no pequeno stand de tiro do destacamento, sem que olhos indiscretos a contemplassem nem alguém que fizesse comentários zombeteiros. Terminada a prática, o capitão a levou para a comandância, onde o catre de campanha acabou sendo muito estreito e o chão de cimento muito frio, de tal modo que houve a necessidade de mudar de lugar a máquina de escrever e fazer amor sobre a mesa de trabalho, em frente a um mapa detalhado da zona militar. Depois, o capitão a convidou para comer no hotel Gómez.

Ela diz que enquanto comiam — a refeição de seis pratos de sempre — compreendeu que havia se apaixonado pelo capitão Bedoya. Deu-se conta que tinha trabalho para se lembrar de Simón Corona, de que a vingança já não lhe interessava e se arrependeu de ter gastado mil e duzentos pesos em uma pistola que a deixava surda depois de cada disparo.

Ela deve ter dito ao capitão.

— Conte-me sua vida.

Ele deve ter então falado da esposa que tinha em Tzcapozalco, a quem havia conhecido, conquistado, seduzido e engravidado durante o baile de graduação no Colégio Militar, dos quatro filhos que tinham — especialmente da menina, Carmelita —, do dia em que sua esposa o encontrou no

Passeio Velho na cidade de Puebla, comendo *chalupas*[7] acompanhado de outra mulher, das reclamações que ela fez e das pancadas que lhe deu até jogá-la no chão. Deve também ter dito que a cada dois ou três anos o casal se reunia em uma tentativa infrutífera de restabelecer o matrimônio. (Nota: estas reuniões do capitão e sua esposa não voltaram a ocorrer, ele estava destinado a viver com Serafina, ambos felizes, por três anos, e a não se separar dela salvo para entrar no cárcere – ele no de homens, ela no de mulheres.) Para terminar, o capitão deve ter-se queixado de sua solidão. Serafina deve tê-lo consolado.

O capitão pediu a conta, pagou e deixou um peso de gorjeta — nunca deu nem mais nem menos, os garçons o odiavam. Saíram pelo pórtico. Serafina parou entre os engraxates e ficou olhando para a Praça de Armas. Nesse momento compreendeu que aquela cidade era perfeita para abrir um terceiro bordel.

---

7 **CHALUPA:** Prato típico do centro-sul do México que consiste em tortilhas fritas, geralmente com formato de barco, coberta com ingredientes como carne, molho, queijo e alface. O termo *chalupa* é uma referência às embarcações desse tipo e à semelhança das tortilhas com esses barcos.

# Capítulo 5
# HISTÓRIA DAS CASAS

# 1

Disse a senhora Eulalia Baladro de Pinto:

Os jornais disseram que minhas irmãs herdaram o negócio do meu pai, que meu pai foi famoso em Guatáparo por seus costumes devassos, e que morreu com um balaço que os federais lhe meteram. Pura mentira. Meu pai foi um homem honrado, comerciante, nunca colocou os pés em uma casa de má reputação e não viveu em Guatáparo, mas em San Mateo el Grande, onde as suas três filhas nasceram e onde ainda há pessoas que se lembram dele com admiração e respeito. Nunca teve litígios com ninguém e menos ainda com os federais. Morreu em San Mateo, em 47, de um mal súbito, confessado e comungado, sem saber, por sorte, que minhas irmãs andaram metidas em uma vida que ele não teria aprovado.

Minha irmã Arcángela chegou a ser dona de um antro de vício sem querer. Ela era agiota, um dos devedores não pagou a tempo e ela teve que ficar com as propriedades, entre as quais havia um inferninho que estava nas ruas de Gómez Farías, em Pedrones. Durante meses andou buscando um administrador sem encontrar ninguém que fosse honrado, de tal modo que não teve outra solução salvo conduzi-lo ela mesma. Foi tão bem que dentro de dois anos abriu a casa do Molino, que chegou a ser famosa em Pedrones.

Anos mais tarde, graças à amizade que teve com um político do Estado de Mezcala, lhe deram licença para abrir um negócio em San Pedro de las Corrientes. Nessa ocasião, foi me visitar e disse:

— Vou me radicar em San Pedro, não se interessaria de se encarregar de um negócio que tenho na rua do Molino?

Eu estava casada com Teófilo e nada me faltava naquela época, mas quis saber que tipo de negócio era para ver se podia cuidar dele sem faltar com minhas obrigações domésticas. Foi nesse dia que eu soube a que minha irmã se dedicava. Mal pude acreditar.

— Antes morta — disse a ela — que administrar um lugar desses.

Arcángela levou a mal a resposta e durante anos ficamos afastadas. Como eu me negava, foi com a oferta para minha irmã Serafina, porque apesar de seus defeitos sempre teve a ideia de que os negócios devem ficar na família. Serafina aceitou porque era jovem, inexperiente, acabava de ter uma desilusão amorosa e trabalhava de fiandeira na fábrica de La Aurora. Ela ficou à frente da casa do Molino e Arcángela foi viver em San Pedro de las Corrientes onde abriu o México Lindo, que ia ser o cabaré mais famoso da cidade.

Durante muitos anos pareceu que Deus a ajudava. Enquanto meu marido e eu perdemos tudo que tínhamos três vezes, trabalhando honrosamente, minhas irmãs ficaram ricas vivendo da imoralidade.

## 2

Disse Arcángela Baladro:

O negócio da prostituição é muito simples, a única coisa que precisa para que vá bem é ter muita ordem.

Às oito da noite as meninas descem dos quartos e passam na minha frente para que eu veja que estão limpas, arrumadas e penteadas. Sentam-se nas mesas do cabaré. O empregado do bar está com a caixa no zero. Liga-se a jukebox e ergue-se a porta de metal. Começam a chegar os clientes. Uns já conhecem o lugar e vão direto para a mulher que lhes agrada e a convidam para se sentar com eles em uma mesa, outros andam distraídos ou são tímidos e preferem chegar no balcão do bar e tomar um e outro copo antes de se decidirem. Se eu vejo que passa um tempo e eles continuam bebendo no balcão, mando alguma das meninas que estão desocupadas para que os convide. A maioria dos homens vão para a mesa com a primeira que os convida. Nas minhas casas está proibido que as meninas bebam no balcão. Às vezes chega um senhor que prefere esperar que se desocupe alguma das meninas que estão trabalhando nos quartos: enquanto pagar o que toma, que espere no balcão o tempo que quiser. Às vezes chegam vários homens que se sentam em uma mesa e preferem conversar entre eles, sem a companhia de nenhuma menina. Mesma coisa: enquanto paguem, que façam o que quiserem. O que não permito é que alguém — costumam ser estudantes os que têm esse costume — pegue uma menina e dance com ela uma música atrás da outra e passe a madrugada sem ter gastado um peso. Para evitar isto, a jukebox está ajustada e entre as músicas há um descanso e um tempo para tomar um copo. Quando acaba a música, todo mundo vai para as mesas. Está proibido aos que estão no balcão ou na porta que passem a dançar, está proibido que as meninas cobrem para dançar, está proibido se sentar em uma mesa sem consumir. Ao servir uma rodada, o garçom tem a obrigação de entregar ao cliente a consumação e à menina sua ficha. Ao terminar sua visita o cliente tem obrigação de pagar a conta, com bom modo e em dinheiro vivo.

Nas minhas casas, as bebidas são legais. Em vinte anos, ninguém pôde reclamar com justiça que fosse servido algo que não era o que havia pedido. Até às meninas é servido o que pedem. Se alguém pede rum, pois se abre uma garrafa de rum e se serve nos copos o que tem ali dentro.

O cabaré tem duas portas. Uma dá para a rua e a outra para a casa. Pela que dá para a rua entra quem quer e sai quem já pagou. Quando um cliente que está em uma mesa com uma menina sente que quer passar um tempo com ela, este diz para que o leve para seu quarto. Ela responde que sim, porque é proibido dizer que não. O cliente paga a conta, os dois se levantam da mesa e saem do cabaré pela porta que dá para a casa. Esta porta abre para um corredor onde está a escada. No pé da escada está a mesinha da encarregada pelos quartos. Ela é a que diz ao cliente quanto é que tem que pagar, porque nem todas as meninas custam a mesma coisa. O cliente entrega o dinheiro à encarregada dos quartos e ela entrega à menina uma ficha e ao cliente uma toalha. O cliente e a menina sobem pela escada, chegam ao quarto dela e ficam ali o tempo que o senhor tenha contratado. Quando terminam, descem juntos pela escada. Isto é importante, para que a encarregada dos quartos se dê conta de que o cliente não maltratou a menina. Ao chegar no corredor, se separam. O cliente pode voltar ao cabaré, se quiser, e se não quiser pode sair à rua pela porta da casa. A menina volta para o cabaré e continua trabalhando. Uma boa trabalhadora pode ganhar três, quatro e até dez fichas em uma noite.

## 3

Testemunho da empregada Herminia X:

Nasci na cidade de Encarnación, Estado de Mezcala. Éramos muito pobres. Sou a terceira de oito irmãos. Quando tinha quatorze anos consegui um trabalho para cuidar de crianças. Ganhava vinte e quatro pesos por mês.

Uma tarde chegou na minha casa uma senhora que se chamava Soledad, que falou com a minha mãe e se comprometeu a conseguir um trabalho de empregada para mim em Pedrones. Disse que me dariam comida, casa e duzentos pesos por mês. Minha mãe quis que eu fosse naquela mesma noite com a senhora Soledad. No ônibus iam outras duas meninas que também trabalhariam de empregadas. Quando chegamos a Pedrones, dormimos na casa da senhora Soledad e no dia seguinte ela nos levou para a casa da senhora Serafina. Desde que entrei nesta casa me dei conta que não era uma família como as outras, porque no corredor andavam várias mulheres de saiote. A senhora Serafina me aceitou, mas não quis as outras duas meninas que foram com a senhora Soledad e não voltei a vê-las. A senhora Serafina me levou para um quarto e me disse:

— Este vai ser o teu quarto. Aqui você pode ter as tuas coisas e ficar tranquila.

Dito isto, foi e me deixou sozinha no quarto. Fiquei um tempo muito longo ali sentada, sem me atrever a sair. De tarde, a senhora Serafina abriu a porta. Eu me assustei, porque com ela vinha um senhor de bigode.

— Este senhor que está vendo aqui — a senhora Serafina me disse —, é muito amigo da casa, o chamam de dom Nazario. Quer ver o quão novinha você é.

(Segue-se uma descrição detalhada de suas primeiras experiências, que foram terríveis. Disse que no começo sofreu muito, mas que depois se acostumou e que chegou a gostar desse tipo de vida. Disse que ganhava muitas fichas vermelhas e azuis e que chegou a ter quatorze vestidos. Queixa-se que nunca aquilo que ela pagava chegava a pagar o que Serafina lhe descontava em função do alojamento, da comida, dos vestidos que comprava e dos duzentos pesos que Serafina enviava para a mãe todo mês — a declarante e sua mãe nunca se comunicaram por carta, por não saber nem a primeira a escrever nem a segunda a ler. Queixa-se também de que sua mãe nunca recebeu os duzentos pesos. Soube isto oito anos depois, no dia em que a encontrou acidentalmente em um mercado. Disse que não queria ver sua família porque acredita que se envergonhariam dela quando soubessem o que tinha se tornado.)

Testemunho de Juana Cornejo, codinome a Caveira:

Encontrei as senhoras Baladro por acaso. Eu vivia em um sítio e precisava de dinheiro porque um filho que eu tinha estava doente. Fui para Pedrones para pedir trabalho e andei de casa em casa batendo nas portas, até que cheguei em uma que foi aberta pela senhora Arcángela. Ela me disse: — Sim, aqui tem trabalho, mas não de empregada. Se vem trabalhar nesta casa, será como puta.

Eu aceitei e ela me adiantou vinte pesos para os remédios, que não serviram de nada, porque meu filho morreu em poucos dias. Eu fiquei com as senhoras.

(Segue-se uma lista dos lugares em que trabalhou. Conta como a senhora Serafina a nomeou encarregada dos quartos e as instruções que lhe deu: "que ninguém vai embora sem pagar, se alguém faz confusão, chama o Ticho" — o leão-de-

-chácara. Disse que nos doze anos que desempenhou este cargo não teve nenhuma dificuldade com as patroas. Termina assim:)

As senhoras não tiveram queixa de mim e eu não tenho delas, porque me deram tudo o que precisava, por isso digo que são mulheres corretas e que se a polícia nos trouxe para a prisão foi por má sorte.

## 4

Por anos as Baladro tiveram a ideia de abrir um terceiro negócio. Compreendiam que tanto a casa do Molino como o México Lindo estavam em zonas indiscretas — ou seja, vermelhas —, o que fazia com que certo tipo de clientes apreensivos não favorecesse estes estabelecimentos com a frequência que eles — ou as donas — teriam querido, pelo medo que lhes dava de algum conhecido os ver caminhando na madrugada por um bairro tão mal reputado. Esta é a razão pela qual Serafina considerou que Concepción de Ruiz era a cidade adequada para abrir o terceiro negócio: está bem situada, a 20 km de Pedrones e a 23 de San Pedro de las Corrientes, e é tão pequena e tão esquecida que é quase secreta.

Serafina Baladro relata assim os inícios do Cassino do Danzón[8]:

"Não haviam passado oito dias que eu havia conhecido Concepción de Ruiz quando Hermenegildo — o capitão Bedoya — foi me ver com a notícia de que tinha acabado de encontrar um terreno que estava pronto para se construir um negócio. Tinha vinte e dois metros de frente por oitenta e cinco de fundo. Era propriedade de duas anciãs que precisavam vendê-lo para pagar o que custava internar um irmão delas no manicômio que as monjas do Divino Verbo tinham em Pedrones. Queriam trinta e três mil pesos por seu terreno.

---

8 DANZÓN: Gênero musical e uma dança típica de Cuba, considerada a música nacional do país, estando presente também em outras culturas caribenhas e no México. Enquanto uma dança de salão, é executada por um par, sendo lenta e originalmente formal, com batidas sincopadas, em geral tocada com instrumentos de corda e sopro.

"Gostei da propriedade desde a primeira vez que a vi, mas minha irmã, sem vê-la, começou a colocar empecilhos, porque tinha começado a achar ruim tudo o que Hermenegildo recomendasse.

"— Eu te apresentei ele para que te vendesse uma pistola, não para que fosse teu amante — me dizia.

"E eu respondia:

"— Tenho o direito de viver minha vida, ou não?

"O caso é que uma tarde Hermenegildo e eu esperamos na porta do terreno, para mostrá-lo para ela, achando que não ia gostar. Chegou no carro do Escada, entre uma nuvem de pó. Antes de descer começou a encontrar defeitos na rua: tinha buracos; as paredes eram de barro. Enquanto esperávamos a que nos abrissem a porta, disse que o número 85 era de má sorte, por somar 13.

"Mas logo que entrou mudou de opinião. Gostou do tamanho, das paredes, das árvores de abacate, do limoeiro, da buganvília e do preço.

"— Aqui — disse ao chegar a um canto do quintal — vou fazer um galinheiro."

Antes de tomar a decisão, as Baladro consultaram o bacharel Canales — um senhor que tinha um cargo importante no governo do Estado — sobre as dificuldades que poderia haver para obter a licença para abrir um novo negócio. Ele lhes respondeu que nenhuma. Eram os primeiros meses do Governador Cabañas, muito antes que alguém imaginasse que ele fosse perseguir a prostituição.

Serafina e Arcángela decidiram comprar. Puseram a mesma quantia de dinheiro e a propriedade, ao ser escriturada, ficou no nome das duas. Convém advertir que o capitão Bedoya cobrou comissão aos vendedores por conseguir clientes que pagassem tão caro, por conseguir um terreno barato, ficou com quinhentos pesos do que elas pagaram ao notário e com mil e quinhentos do que elas deram para ele, Bedoya, para que repartisse entre os notáveis do município.

Isto ocorreu na metade de fevereiro, no dia 28 as Baladro

contrataram um arquiteto para que fizesse um projeto "de um bordel como outro que houve nestes cantos". Era um arquiteto que estava em Pedrones de passagem, procedente de Tijuana, onde, segundo a fama, havia construído vários bordéis. Não disse a ninguém que estava fugindo de um de seus clientes, que havia ficado insatisfeito. As Baladro lhe entregaram quinhentos pesos.

O projeto as deixou encantadas: quinze quartos com quinze banheiros, um cabaré que seria decorado com aspecto do fundo do mar — levantava-se os olhos e via-se raias e tubarões pendendo no teto —, dois salões reservados, um em estilo moçárabe, o outro chinês, e uma piscina interna, que ninguém conseguiu entender para que servia, uma vez que nenhuma das empregadas e quase nenhum cliente sabia nadar.

Os quinhentos pesos que as Baladro entregaram de adiantamento foi tudo que pagaram pelo projeto, porque na noite do dia em que o entregou para elas, o arquiteto se deu conta de que estava sendo seguido e realizou a fuga. Seus perseguidores o encontraram em Tehuacán, quando urinava no mictório de um restaurante e lhe deram onze tiros.

As Baladro construíram o edifício tal como estava nos planos, sob a direção delas mesmas, a assessoria de um mestre de obras de confiança, o conselho de um jovem que havia decorado um salão de beleza em Pedrones e a vigilância do capitão Bedoya, "que era como da família", e que, como a obra estava perto do quartel, ia averiguá-la todos os dias, como se fosse o dono.

## 5

O resultado dos trabalhos se chamou Cassino do Danzón. Ao contemplar este edifício atualmente (1976) é difícil acreditar que foi construído faz apenas quinze anos. Parece a ruína de alguma civilização esquecida — o jovem decorador se empenhou em adornar a fachada com um baixo-relevo de estuque

que foi desmoronando. Sobre a marquise ainda é possível ver os restos do letreiro que diz:

O    SSINO D  D    ON

Um velho abre a porta. É o zelador, policial aposentado, que por vinte pesos — ou menos — permite a entrada a um curioso — ou um grupo destes — no lugar onde ocorreram as iniquidades — que veremos mais tarde. O zelador acompanha a visita com uma explicação.

Este é o cabaré. Está iluminado por uma só lâmpada. No centro da pista de dança há um buraco de três metros de diâmetro, rodeado por um monte de terra. As mesas e as cadeiras estão empilhadas em um canto, duas arraias de gesso caíram no chão e se despedaçaram, um tubarão suspenso pelo rabo se mexe — há correntes de ar — balançando as mandíbulas a dois metros do chão. Um aquário elétrico, que ocupa quase toda a parede, está apagado e meio destruído. As algas e os tentáculos das águas-vivas de cartolina, que pendiam como guirlandas, desapareceram, tal como as bolas de vidro azulado — "a luz, entre verde e violeta, saía de umas bolas de vidro azulado que pareciam bolhas enormes...", disse uma descrição.

Na parte superior do muro oposto ao aquário, em um lugar inesperado, há um balcão cujo gradil desapareceu.

No salão Bagdá, um dos privativos, é possível ver os estragos da intempérie. Alguém levou a esquadria da janela e há um rombo no teto. Durante a época de chuvas, diz o zelador, as paredes ficam cobertas de musgos, na primavera, por sua vez, as andorinhas fazem ninho nelas. Neste cômodo em ruínas, de piso amarelo e negro, eram realizados os shows de "variedades", que tornou famoso o Cassino do Danzón. Teve quem viajou de Mezcala somente para vê-los. Mais tarde, na época negra, o salão Bagdá foi um dos "quartos selados".

A piscina esteve vazia desde quase a inauguração do cabaré — a água era muito fria e ninguém se atrevia a entrar nela. A família do zelador a usa para guardar quinquilharias.

Todos os quartos dão para o corredor e lembram, mais do que um lupanar, um convento. Estão ainda mobiliados, posto que a situação legal do Cassino segue sendo uma bagunça. As mulheres viviam em escassos dez metros quadrados, movendo-se com dificuldade ao redor de uma cama enorme. Além da cama, cada quarto tem um roupeiro, uma penteadeira com espelho e uma cadeira de tule. Junto a cada quarto há um banheirinho minúsculo e básico.

Cada mulher tinha em seu quarto algo que o tornava distinguível dos outros: um quadro de Jesus na porta, uma jarra de vidro pintado, uma cabeça de índio pele vermelha de barro, um calendário que representa o rapto da *Malinche*[9], a fotografia de uma amiga, um ferro elétrico, etc. Depois de mostrar os quartos, o zelador conduz o visitante ao quintal, para que veja as escavações, que são a atração principal. Na maioria dos casos, ao que tudo indica, a visita termina aqui. Contudo, quando a gorjeta é generosa, o zelador conduz o visitante para o quarto de Arcángela e mostra, como bonificação, uma fotografia que está pendurada na parede, na qual aparece um cadáver, é o da mãe das Baladro, que foi retratada quando estava deitada no caixão, entre quatro círios.

Terminada a visita e de volta à rua, o visitante deve virar o olhar para notar um detalhe importante: na rua Independência somente há duas casas de dois pisos, o Cassino do Danzón e a casa ao lado, que foi propriedade da senhora Aurora Benavides, que, em função dessa peculiaridade de sua casa, passou seis anos na prisão.

---

9 **MALINCHE:** Uma indígena que dominava os idiomas maias e astecas, tendo sido oferecida como presente dos nativos de Tabasco para Hernán Cortés, de quem foi amante. Tendo uma origem incerta, sabe-se que foi raptada ou vendida como escrava para traficantes de Xicalongo, onde teria aprendido a língua asteca, habilidade que foi utilizada por Cortés em sua campanha de conquista.

Capítulo 6

# DOIS INCIDENTES E UM TROPEÇO

# 1

As Baladro inauguraram o Cassino do Danzón na noite de 15 de setembro de 1961. Entre os que compareceram à festa estavam o bacharel Canales, secretário particular do Governador no Estado de Plan de Abajo, e o bacharel Sanabria, secretário particular do Governador no Estado de Mezcala, o deputado Medrano, um líder ferroviário e dois líderes dos camponeses, o gerente do Banco de Mezcala — sucursal em San Pedro de las Corrientes —, vários comerciantes e o dono de um estábulo que tinha mais de cem vacas. Dois dos três prefeitos municipais que haviam sido convidados chegaram às duas da manhã, logo depois que haviam concluído as cerimônias do Grito[10] em seus respectivos municípios, etc. As Baladro haviam chegado ao cume de sua carreira social, mas elas não sabiam, acreditavam que ainda tinham muitas alturas para escalar.

Às doze da noite — a festa começou um pouco tarde — abriu-se a porta de vidro da sacada e nela apareceram Arcángela, com um sino na mão, e o bacharel Canales, com a bandeira nacional. Arcángela tocou o sino para chamar a atenção e os que estavam embaixo aplaudiram. Quando houve silêncio, o bacharel Canales agitou a bandeira e gritou o seguinte:

— Viva o México, viva a Independência Nacional, viva os Heróis que nos deram a liberdade, viva as irmãs Baladro, viva o Cassino do Danzón!

Os que estavam embaixo responderam com uma gritaria, apoiando o bacharel Canales. Arcángela, dizem, pegou o sino com ambas as mãos e voltou a repicar.

(Este foi o primeiro incidente. O deputado Medrano e um dos líderes dos camponeses consideraram que os vivas aos Heróis e às irmãs Baladro constituíam uma mescla blasfema

---

10 CERIMÔNIAS DO GRITO: A independência do México é comemorada no dia 16 de setembro, data que marca o início da guerra contra a Espanha, que teve como estopim o famoso discurso *Grito de Dores* proferido pelo padre Miguel Hidalgo y Costilla, em 1810. As celebrações se iniciam na noite do dia 15 de setembro, reproduzindo o discurso.

e foram com a fofoca até o Governador Cabañas, que imediatamente retirou sua amizade e tirou o emprego do bacharel Canales, cortando assim o único apoio que as Baladro tinham no Palácio de Governo de Plan de Abajo.)

Na festa de inauguração as Baladro usaram, pela única vez em suas vidas, vestidos longos — Serafina descreve seu vestido como sendo furta-cor —, receberam seus convidados na sala de jantar da casa e só depois que estavam todos juntos os fizeram entrar no cabaré. A impressão que a decoração causou foi inesquecível. Quando as exclamações se acalmaram, entraram as meninas, bem vestidas e adornadas. Nesse momento Serafina anunciou que aquela noite tudo era de graça. Este aviso provocou confusão: os convidados entenderam que tudo era de graça, até as mulheres, elas, por sua vez, entenderam que se ninguém ia pagar o consumo, não tinham a obrigação de se deitar com ninguém.

Depois do Grito, dizem os testemunhos, os convidados foram conduzidos por Arcángela para o salão Bagdá, onde, pela primeira vez, se apresentou o show de variedades, no qual participaram três mulheres. Alguns dos senhores se excitaram além da conta e teriam tomado parte no espetáculo se Arcángela não os tivesse impedido. Quando o grupo regressou ao cabaré, o baile começou e aconteceu o segundo incidente.

Foi assim: o bacharel Sanabria, em quem ninguém havia notado tendências equivocadas, se sentiu impulsionado por uma paixão obscura a tirar o Escada  para dançar — que havia entrado no cabaré para dar um recado. Os dois homens dançaram um danzón — "Nereidas" — do começo ao fim diante dos olhares horrorizados de todos os presentes — ninguém mais se atreveu a dança. Ao terminar a música, o Escada agradeceu e se retirou. O bacharel Sanabria tentou dançar com vários senhores que não aceitaram seu convite, compreendeu que havia feito um papel ridículo e guardou para sempre um rancor de todos os que haviam presenciado sua desonra, e em especial das Baladro, por tê-lo posto em tentação. Este rancor desempenhará um papel importante nesta história, como veremos adiante.

# 2

Descrição de um tropeço:

Como foi que ocorreu ao Governador Cabañas fazer algo que não havia passado pela cabeça de ninguém, em Plan de Abajo, em cento e quarenta anos de independência: proibir a prostituição?

Para explicar esta incógnita há várias versões que apontam para motivos que são como galhos que brotam em uma mesma raiz, que é a seguinte: Cabañas foi, de todos os governadores que houve em Plan de Abajo, o mais ambicioso e o mais resistente. Enquanto os outros foram políticos de província que chegaram ao Palácio de Governo exaustos, o Governador Cabañas chegou fresquinho, com vontade de seguir em frente e de chegar mais longe. Sua condição vistosa, unida à reflexão de que em cento e vinte anos o país não havia sido governado por alguém oriundo de Plan de Abajo o fizeram conceber a ideia de que ele era "presidenciável".

Governou o Estado como uma República em miniatura — chamou a Seção de Rendas de Secretaria da Fazenda, a Junta de Melhorias de Secretaria de Obras Públicas, etc. — e tentou demonstrar que podia governar o primeiro e que poderia governar a segunda se os "poderes de cima" lhe dessem a oportunidade.

Além de mudar os nomes das repartições, Cabañas realizou várias obras monumentais — um palácio, uma estrada e um túnel — que custaram muito dinheiro e que produziram um déficit. Para contrabalanceá-lo, Cabañas teve que aumentar os impostos.

Quis fazê-lo da maneira menos dolorosa para os contribuintes e por esta razão organizou as Jornadas Patronais. Estas consistiam em que o Governador em pessoa chegava às cidades, reunia os comerciantes do município no cassino de cada lugar e lhes demonstrava que o que estavam pagando de impostos para o Estado era uma miséria e que era urgente que pagassem mais. Os comerciantes responderam a este chamado dizendo que o Estado era uma pocilga e que não valia o que lhes cobrava. Queixaram-se de tudo, desde o diâmetro insuficiente dos canos de esgoto, da falta de água e até dos antros de vício que abundavam, "tolerados pelas autoridades".

Os resultados das Jornadas foi que Cabañas aumentou os impostos e para contentar parcialmente os queixosos, corrigiu, dos defeitos expostos, o que tinha uma solução mais barata: mandou fechar os bordéis.

A Lei de Moralização de Plan de Abajo, que proíbe a prostituição e o lenocínio e torna delinquentes até os que entregam refrigerantes nos bordéis, foi apresentada por iniciativa do Governador Cabañas perante o Congresso do Estado, discutida durante meia hora e aprovada por unanimidade e com aplausos, no dia dois de março de 1962.

A aplicação da lei, que ninguém esperava, afetou cerca de trinta mil pessoas cujas fontes de renda estavam relacionadas direta ou indiretamente com a prostituição, aos governos municipais, cujas rendas eram formadas, em uns trinta ou quarenta por cento, de impostos que os prostíbulos pagavam, e a centenas de empregados públicos que recebiam propinas dos proxenetas. Nenhum dos afetados protestou:

(Sabe-se que Arcángela, acompanhada do bacharel Rendón, se apresentou no escritório do juiz Peralta e lhe ofereceu cinco mil pesos por um mandado de segurança. O juiz descreve sua resposta assim: "Tentei fazer a senhora Baladro ver que o que estava me pedindo não era propriamente um mandado de segurança, mas um instrumento jurídico que lhe desse imunidade no que diz respeito à lei que havia sido aprovada pelo Congresso. Disse-lhe também que ainda que o que ela tivesse me pedido fosse um mandado de segurança, também não poderia concedê-lo por nenhum valor, já que o senhor Governador em pessoa havia pedido a nós, juízes, que não afrouxássemos a aplicação da lei, na qual tinha um interesse especial".

## 3

A Lei de Moralização foi aplicada com rigor sem precedentes no Estado de Plan de Abajo. No final do mês de março não restava nenhum prostíbulo aberto.

Serafina e Arcángela Baladro, seguindo os impulsos de uma intuição que poderia parecer profética, tiraram os móveis da casa do Molino, e, pelo contrário, deixaram o Cassino do Danzón intacto, de modo que quando os oficiais puseram os selos nas portas, as camas estavam feitas. Elas dizem que tinham o pressentimento que Deus ia fazer um milagre para que lhes permitisse reabrir muito rápido seu tão querido bordel modelo.

No dia em que fecharam o bordel da rua do Molino, em Pedrones, houve cenas patéticas. Havia seis caminhões cheios de móveis e de mulheres — em só uma quadra havia três prostíbulos. Houve despedidas muito tristes entre as mulheres, porque as Baladro transferiram onze delas para um indivíduo que tinha negócios em Guatáparo. As calçadas se encheram de curiosos, gente que não tinha posto os pés em um bordel e queria ver o que havia lá dentro. Os policiais que cumpriam a ordem tinham o olhar baixo e andavam de mau humor, porque estavam perdendo a renda extra. Quando o bacharel Ávalos chegou para colocar os selos, disse para Serafina:

— Não leve a mal, dona Sera, faço isto somente porque é a minha obrigação.

Durante quatro anos, ela havia lhe dado quinhentos pesos por mês.

Quando as portas estavam seladas e os caminhões carregados, uma mulher da cidade se aproximou de Serafina e lhe agradeceu, em nome dos vizinhos, por ter pagado para fazerem as calçadas.

## 4

As mulheres, as cadeiras, as camas, as bacias, os colchões, os sacos de roupa, chegaram a San Pedro de las Corrientes em caminhões, no entardecer de um dia triste. As patroas chegaram de carro, com um péssimo humor.

Os primeiros dias foram difíceis, porque foi preciso acomodar as vinte e seis mulheres onde antes somente haviam vivido quatorze, de modo que houve a necessidade de dividir os quartos, que ficaram muito pequenos. Arcángela achou que o mestre de obras cobrou um preço exagerado. Ela ficou abatida por várias semanas, acreditando que iam ficar na miséria. Até começou a fazer tratativas com uma tal senhora Eugenia, que tinha um negócio em Mezcala, para transferir outras oito mulheres, tratativas que não foram concluídas, porque os senhores começaram a chegar. Uns eram clientes velhos, que viviam em Plan de Abajo e cruzaram os limites de seu Estado buscando espairecer, outros eram clientes novos, também de Plan de Abajo, gente que nunca havia pisado em bordéis, mas que ao vê-los fechados e proscritos haviam caído na tentação. A afluência de forasteiros em busca de prazeres que estavam proibidos em outras partes agiu como um estímulo para os homens que viviam em San Pedro de las Corrientes, e os impulsionou a frequentar mais os cabarés. "Os homens são como as moscas", diz Serafina, "quanto mais veem se juntar, mais se juntam".

No México Lindo havia aglomeração todas as noites. Nos sábados, as mulheres não davam conta. Serafina decidiu comprar uma jukebox nova e ela mesma pagou. O capitão Bedoya viu as Baladro tão prósperas em San Pedro de las Corrientes que começou a gestar sua transferência para o regimento que tinha sua base naquele lugar — o que mais lhe incomodava de viver ele em Concepción de Ruiz e Serafina em San Pedro eram as duas viagens diárias que tinha que fazer nos ônibus da Flecha Escarlate: ficou convencido que um dia acabaria sendo vítima de um acidente no desfiladeiro do Cão. Arcángela deu de dizer que nunca tinham ido tão bem no negócio e que o que Deus havia tirado dela e de sua irmã com uma mão, estava devolvendo com a outra. Nisso chegou dezembro e aconteceu o incidente do Beto.

# Capítulo 7
# UMA VIDA

# 1

O homem desce o desfiladeiro com os ombros erguidos, os braços rígidos, os punhos cerrados, a cabeça baixa, as pernas por vezes tesas e por vezes soltas, os pés encontram o solo no meio do caminho ou então perdem o chão no degrau e o obrigam a resvalar. (Os que o viram passar, depois se soube, acreditaram que estava bêbado.)

São nove da noite. A descida do Santuário é uma rua de pedra, com escadas cada vez que é preciso, margeada de casas de dois andares, com paredes coloridas e portas fechadas. Há um poste a cada cem metros. Ao pé da colina estão as luzes do centro. O céu se ilumina a cada pouco com os fogos de artifício soltos na praça de Concepción. Escutam-se foguetes, bandas de música, jukeboxes, mariachis, vozes, gritos de alegria festiva, uivos de cães. É oito de dezembro.

O homem não tem ânimo para saber isto: está com o olhar turvo fixo no chão, absorto em chegar à meta. Os cães que o veem passar latem para ele e depois se aproximam para cheirar o sangue que escorre. Uns cinquenta metros mais acima do desfiladeiro, seguindo seus passos, vão os dois agentes da Judicial, que param quando ele se detém para tomar fôlego, apoiado no tronco de um freixo, e que se põem a andar quando ele segue obstinado o seu caminho.

Ao chegar ao pé da colina, vem a prova mais grave. Na esquina o homem para e, sem levantar o olhar, como reconhecendo as pedras do chão, vira à direita e vai pela rua de Allende, caminhando com passo mais lento. As pessoas o veem passar, tropeçar, batendo-se contra as paredes e deixar uma mancha que ninguém reconhecerá até o dia seguinte.

— Aqui o morto deixou seu sangue — dirão as mulheres, apontando para o borrão enegrecido.

O homem vai de um tropeço em outro, perde o sentido de direção, cruza a rua enviesado e se espatifa contra uma banca de fritadas que está no umbral de uma casa. A mesa, o fogão, as brasas, a frigideira e os tacos separam-se com um estrondo e vão cair, cada um para um lado, no calçamento. O homem segue o seu caminho, cada vez mais claudicante e cada vez mais rápido. As pessoas abrem passagem. A mulher da banca o persegue, o alcança, começa a xingar, mas a palidez que nota nele a coíbe e volta desalentada para recolher os tacos.

"México Lindo", diz o letreiro iluminado. O homem, fazendo um esforço supremo, sobe o degrau da entrada, afasta as folhas da portinha, entra no cabaré cheio de fumaça, empurra dois clientes, se apoia em uma mesa cujos comensais olham para ele sem reconhecê-lo, vira um copo e cai no chão.

O rumo da conversa cessa quando uma mulher grita. As pessoas se amontoam. A jukebox automática começa a tocar um mambo. Alguém, sentado, a desconecta. Há um silêncio. Serafina, que está no caixa, cruza a pista de dança, abre passagem entre os curiosos e chega no lugar que é o centro da atenção. Percebe que o cadáver que está no chão é do seu sobrinho.

## 2

O que se sabe da vida de Humberto Paredes Baladro, o filho de Arcángela, tem tantas lacunas quanto o que se sabe de sua morte.

Nasceu em 1939, na casa do Molino. Sua mãe foi Arcángela e seu pai um homem do qual nada se sabe, exceto que tinha sobrenome Paredes. (Ao ser interrogada sobre este indivíduo, Arcángela finge surdez.)

Serafina diz que nos meses anteriores ao nascimento encontrou sua irmã no mercado e que notou que estava grávida, mas não se atreveu a comentar o fenômeno, por parecer "que teria sido falta de respeito". Soube que Arcángela havia dado à luz quando foi convidada para o batizado. Tem certeza de que nem então nem depois a mãe fez menção ao pai da criança.

O menino cresceu no bordel, mas Arcángela decidiu fazer dele um homem de boa índole. Tinha proibido, diz a Caveira, que ele saísse para o pátio, que subisse as escadas, entrasse nos quartos e fosse no quintal. Arcángela proibiu as empregadas de explicarem ao menino o que os homens que entravam na casa buscavam. Ambas as proibições surtiram um efeito tão bom que quando Humberto Paredes entrou na escola Josefa Ortiz de Domínguez era completamente ignorante. No primeiro dia de aula, seus colegas, que sabiam quem ele era, o instruíram. Quando o menino voltou para casa perguntou para a Caveira, "você é puta?", a Caveira respondeu que sim, o menino perguntou se sua mãe era puta, a Caveira respondeu que não, que era cafetina.

No terceiro dia de aula, a diretora da escola escutou gritos compassados no pátio e saiu para ver o que estava acontecendo. Viu trinta crianças brincando em círculos "como índios pele vermelha" e gritando "filho da *Baladrona*"[11]. No centro dos círculos estava o aluno Paredes Baladro, que chorava.

Humberto foi enviado para sua casa com um rapaz, um envelope com os trinta pesos que Arcángela havia pagado pela matrícula e um recado da diretora que pedia à mãe que enviasse o filho a outra escola.

Ao ler esta mensagem, Arcángela compreendeu que havia chegado o momento de se separar de seu filho. Com o objetivo de afastá-lo do vício, matriculou-o, a partir desse dia, em escolas que estavam em cidades distantes, onde ninguém sabia o nome da mãe nem suspeitava de seu ofício.

Na época seguinte, Arcángela escrevia cartas semanais ao seu filho, muito longas, com tinta verde em papel pautado, nas quais lhe dava conselhos, passar sebo atrás da orelha para se proteger de resfriado, dormir com os pés virados para o sul para evitar mau-olhado, etc., das quais se conservam apenas as que o filho esqueceu. Ele respondia com missivas cur-

---

11 BALADRONA: Em espanhol, a expressão utilizada, "*hijo de la Baladrona*", realiza um jogo de palavras entre o sobrenome da personagem, Baladro, e o termo *baladrona*, que denota alguém sem-vergonha.

tas, pedindo dinheiro — não se sabe de onde Arcángela tirou a ideia de que o dinheiro era o pior corruptor de menores —, que não surtiram efeito, mas que Arcángela conserva até agora em uma caixinha de *Olinalá*[12].

O menino mudou várias vezes de internato. Na primeira, quando o responsável de Ignacio Allende, em Muérdago, descobriu duas perfurações na parede do banheiro que sua esposa usava. Segundo vários internos revelaram, ao serem interrogados, as perfurações, que davam para um corredor pouco transitado, haviam sido feitas pelo aluno Paredes Baladro — que tinha doze anos —, que cobrava de seus companheiros um tostão para ver a esposa do encarregado na banheira, e vinte centavos para vê-la sentada no vaso sanitário.

Um ano depois, vários alunos da escola Juan Escutia, de Cuévano, se queixaram à direção da instituição que o aluno Paredes Baladro os explorava. Cobrava deles um peso semanal de cada um e, se não davam, fazia com que o aluno Gutiérrez Carrasco — codinome Gorila — batesse neles.

Sabe-se que ingressou na escola de Medicina, em Cuévano, mas não terminou o primeiro ano. Seus estudos foram interrompidos bruscamente no dia em que deu uma punhalada em um colega — não se sabe o motivo. O fato ocorreu em uma sala de aula, chegou a polícia, houve uma confusão. Arcángela teve que intervir. Pagou a recuperação do ferido e deu à família uma indenização muito grande para que retirassem a queixa — teve sorte de tratar com gente pobre e razoável —, comprou testemunhas, comprou o juiz e não descansou até ver seu filho livre, na rua. O bacharel Rendón a convenceu de que o melhor seria que Humberto fosse para os Estados Unidos enquanto passava o escândalo.

Humberto Paredes passou um ano em Los Angeles. A mãe tinha a esperança de que aprendesse inglês e que com esse conhecimento pudesse se estabelecer no comércio. Equivocou-

---

12 **OLINALÁ:** É tanto uma localidade do estado de Guerrero, no México, quanto faz referência a uma técnica de carpintaria que utiliza a madeira da árvore *Bursera linanoe*, endêmica da região, em função de suas propriedades aromáticas.

se apenas em partes: Humberto voltou para San Pedro de las Corrientes sem falar uma palavra de inglês, mas, por sua vez, trouxe as sementes de papoula que iriam construir a fonte de suas rendas nos poucos anos que lhe restavam de vida.

Humberto Paredes seguiu vivendo no México Lindo, mas por instruções daqueles que o empregavam — parece — alugou uma casa na rua de Los Bridones, onde parecia comprar e vender sementes e na verdade deve ter sido onde guardou a droga e fez as transações. Convém advertir que a polícia não encontrou nada comprometedor na casa depois da morte de Humberto, nem conseguiu descobrir quem eram seus contatos.

## 3

Nas três fotos que se conservam de Humberto Paredes aparece a mesma cara larga e chata, a mandíbula firme que herdou da mãe, o cabelo liso de índio e o ricto próprio de um autocrata: uma espécie de *Benito Juárez*[13] do submundo. Na primeira foto o sujeito aparece ao volante de um Buick conversível — vermelho sangue, dizem os que o viram — que comprou com o primeiro produto de seu trabalho e que constituiu o único luxo que teve na sua vida. No fundo da foto se vê uma acácia. Na segunda foto está de perfil, com suéter listrado. Com a mão direita empunha o revólver calibre .38 que levava no bolso quando foi assassinado. Apesar de que Arcángela afirma que nunca viu seu filho usar uma arma de fogo, o tapume que se vê no fundo da fotografia é sem dúvida do México Lindo. Na terceira foto, Humberto aparece em traje de banho, com o cabelo molhado. Sorri olhando para a câmera e envolve com o

---

13 **BENITO JUÁREZ:** Político, advogado e juiz mexicano nascido em 1806, o primeiro presidente mexicano sem um passado militar, bem como o primeiro indígena a ocupar esse cargo. Serviu como presidente por cinco períodos, tendo entrado em 1858 como interino, posteriormente ocupando o cargo ininterruptamente até 1872, ano de sua morte. Por suas posições progressistas, por resistir à ocupação francesa, restaurando a República, como também por seus esforços para modernizar o país, Juárez é lembrado como um dos líderes mais amados do país.

braço a cintura de uma mulher que é a beleza da cidade, que está com o cabelo em cachos de caracóis artificiais e veste um traje de banho espetacular.

## 4

Diz que já o havia visto no carro vermelho, que não simpatizava com ele por parecer que "só queria chamar atenção" — Humberto usava uma camisa vermelha e óculos verdes, abria o escapamento, tocava a buzina com frequência, etc. Um dia ela ia cruzando a rua quando ele apareceu no carro, fez uma curva fechada e quase a atropelou. Quando a viu assustada, parou o carro e, ao invés de se desculpar, abriu a porta e a convidou para subir. Ela, se sentindo ofendida, seguiu seu caminho. Ele foi atrás dela no carro, devagarinho, sem dizer nenhuma das coisas que os homens dizem às mulheres nestes casos. Ela estranhou isto. Foi no carro atrás dela até a subida do Santuário, que só é transitável a pé. Quando viu que ela estava subindo a ladeira, deixou o conversível e a seguiu de longe, sem conseguir alcançá-la, "sem dizer coisas grosseiras nem se aproximar dela com intenções de tocá-la". Ela chegou em sua casa, entrou, fechou a porta, subiu para seu quarto e foi até a janela a tempo de vê-lo, parado na frente da casa, titubear por um instante e começando a descer a ladeira. Nos dias que se seguiram, descreveu-o a várias de suas amigas e elas lhe disseram o que se dizia dele: que era filho da Baladrona, que havia dado uma punhalada em um rapaz, que tinha estado na prisão, que tivera que sair do país enquanto passava o escândalo, que era traficante de drogas, além de vários crimes imaginários.

O agente Demetrio Guillomar chegou a Pedrones com instruções precisas. Sua missão consistia em descobrir o intermediário entre os camponeses produtores de papoula e os que a refinavam, e reunir provas para abrir um processo. Como havia a suspeita de que o intermediário gozava da proteção das autoridades locais, Guillomar tinha ordens de não se comunicar com estas nem revelar o motivo de sua visita. Registrou-se no hotel Francês como agente vendedor de seguros de vida e passou várias semanas na região sem resultados. De repente descobriu algo. Não se sabe o que nem como: é possível que estivesse seguindo a pista de Bedoya — que havia descoberto os semeadouros e queimado as colheitas — e assim tenha dado com Humberto Paredes, cujo nome aparece pela primeira vez no arquivo da polícia judicial no dia 15 de novembro, em um comunicado de Guillomar.

Diz que sofria muito. Que não sabia se acreditava no que as pessoas diziam: que Humberto era um homem ruim, ou no que dizia o seu coração: que alguém que era tão carinhoso não podia ser ruim. Ainda conserva um jarro de porcelana de Cuévano que ele lhe presenteou e que diz "amor sincero". Jamais aceitou subir com ele no carro, nem quando a convidou para tomar sorvetes em Muérdago, em primeiro lugar porque era aberto e as pessoas podiam vê-la, em segundo porque acreditava que se subisse em um carro sozinha com um rapaz perderia a virgindade, que havia decidido conservar até seu casamento. Estas limitações não deixavam outra alternativa para o casal salvo passear conversando pelas ruas que estão perto do rio, que são arborizadas e solitárias. Nestes passeios, Humberto lhe contava coisas de sua vida que não coincidiam com o que as pessoas diziam, de modo que Conchita duvidava se o que estava lhe dizendo era a verdade ou se ele estava a enganando. Ela falava a ele sobre o futuro, de seus planos matrimoniais, dos filhos que ia ter, de como iam se chamar e da educação que ela ia lhes dar. Não achava que estas conversas o exasperavam até o dia em que, tomando-a pelo braço firmemente a levou para a encosta, deitou-a no chão e arrancou sua calcinha. Feito isto, Humberto ficou aturdido por um instante, o qual Conchita aproveitou para sair correndo. Ele não a seguiu. No dia seguinte, Humberto a esperou onde sabia que tinha que passar — Conchita dá aulas em uma escola de freiras — e lhe pediu perdão. Ela disse que não queria voltar a vê-lo.

O agente Guillomar fez várias viagens a San Pedro de las Corrientes e falou várias vezes com Humberto Paredes. É possível que tenha estado inclusive na casa da rua de Los Bridones. Não se sabe o que falaram. Talvez o agente fingiu querer vender um plantio ou comprar droga. Talvez não fingiu nada e disse simplesmente quem era. Existe uma forte possibilidade de que os dez mil pesos que Humberto retirou do banco no dia 1º de dezembro tenham ido parar nas mãos do agente Guillomar. Nos dias seguintes, parece, Humberto teve sua última oportunidade de escapar — a qual não aproveitou.

Diz que, cansada da insistência dele, concordou em ir ao balneário A Escarpa, que colocou no começo como condição que fizessem a viagem de ônibus e não de carro, que mudou de opinião ao ver que os ônibus iam cheios, que foram de carro, que Humberto a tratou com muita consideração e que não tentou abusar dela. Um fotógrafo profissional tirou a foto que se conserva. Passaram o dia felizes. Quando voltaram para San Pedro de las Corrientes, ele estava abrindo a porta do carro, para que ela descesse, quando passaram dois irmãos dela. Conchita diz que por um momento temeu que seus irmãos implicassem com Humberto — tinham proibido ela de andar com homens —, mas eles foram caminhando pela calçada, sem sequer virar a cabeça, como se não tivessem visto nada. Isso foi o que ela acreditou, mas quando voltou para casa eles estavam a esperando, furiosos. Repreenderam-na severamente e a proibiram de voltar a ver o "filho da Baladrona".

— Se esse homem voltar a se aproximar de você, vai morrer — um deles disse.

Mais tarde, Conchita viu que seus irmãos pegavam pistolas que tinham guardadas em uma caixa, e que as azeitavam.

No dia 7 de dezembro o agente Pacheco chegou a Pedrones, reuniu-se com o agente Guillomar e lhe entregou as instruções que trazia do escritório central de efetuar a prisão.

Diz que na manhã do dia oito — dia de seu santo —, bateu na casa da porta um homem desconhecido — pela descrição se deduz que é Ticho —, com um pacote com papel de presente que Humberto Paredes enviava. Conchita se negou a aceitá-lo. Havia decidido não voltar a ver Humberto, já que seus irmãos haviam proibido.

Os agentes Guillomar e Pacheco estiveram a ponto de realizar a prisão de Humberto Paredes às sete da noite, quando este saía do bar O Galeão acompanhado de vários mariachis. Não fizeram por temer que os mariachis fossem amigos do meliante e que opusessem resistência. Decidiram esperar um tempo e seguir de longe o grupo, que foi pela subida do Santuário.

Diz que quando escutou que os mariachis tocavam "A Ingrata" sentiu uma angústia muito grande. Sabia que a canção era dedicada a ela e que era Humberto o que estava dedicando. Teria querido dizer para Humberto ir embora, que seus irmãos estavam em casa e que estavam armados. Mas não podia sair na rua, porque havia visitas que tinham vindo felicitá-la e ela tinha que recebê-las. Diz que os mariachis tocaram várias canções — "Perfídia", entre outras —, e que as pessoas que estavam em sua casa lhe perguntavam, com ironia:

— Para quem será que é esta serenata, Conchita?

Diz que viu que seus irmãos saíram da sala e desceram para o pátio. Que pouco depois que os mariachis terminaram a última canção ela foi até a janela, que conseguiu vê-los caminhando ladeira abaixo, sem Humberto, que então ouviu que batiam na porta, que não aguentou mais e decidiu ir ver o que estava acontecendo. Ia descendo as escadas quando escutou os disparos. (Parece que os irmãos Zamora estavam escondidos atrás de uns vasos de jardim. Abriram a porta puxando uma corda e disparam em quem estava no umbral, que era Humberto.)

Os agentes Guillomar e Pacheco seguiram aquele que iam prender de longe, quando desceu a ladeira e quando percorreu a rua de Allende. Quando o viram entrar no México Lindo, avisaram o policial Segoviano, que estava parado na esquina.

# Capítulo 8
# A NOITE RUIM

# 1

Uma das mulheres sai do cabaré para avisar a mãe. Passado este movimento, a cena parece com um quadro encenado. Todos olham fascinados para o cadáver. Não se movem mais do que os que se acomodam para ver melhor. Silêncio.

De repente, ouve-se um estrondo. É o policial Segoviano se anunciando desde a esquina. Em um instante o transe se rompe. À contemplação fascinada e respeitosa da morte segue o pânico. O estrondo recorda à clientela que a polícia existe e a faz se lançar pela porta — ninguém quer aparecer na lista das testemunhas que viram o que se passou no antro —, a amontoar-se, arrancar as folhas da porta, derrubar a cancela, sair para a rua e dispersar-se — os mais precavidos vão sem virar a cabeça até chegar na Praça de Armas. Quando passa o tumulto e o policial Segoviano entra no local, só encontra o cadáver, as mulheres e os garçons. Produz outro estrondo e diz:

— Ninguém se move. Fechem as portas.

O que se segue é algo entre triste e tedioso: enquanto se espera a chegada do médico forense e do Ministério Público, a mãe, que estava em seu quarto fazendo anotações no caderninho, entra no cabaré para ver o que se passa — lhe avisaram de algo terrível, mas não se atreveram a dizer o quê — e ao ver no chão seu filho morto lança gritos estranhos, inarticulados, guturais, como ninguém havia ouvido antes nem voltará a ouvir depois. Não se aproxima do cadáver, nem o toma em seus braços, nem olha para ele chorosa, como se suporia, mas retrocede, senta-se na borda de uma cadeira e, com as mãos nos joelhos, fecha os olhos e grita.

O agente do Ministério Público faz as perguntas necessárias para redigir a ata: "onde você estava quando ouviu os disparos?", "não ouvi os disparos", "como então se deu conta que algo estranho havia acontecido?", "vi um morto no chão", etc.

O médico chega tarde, com chapéu e cachecol — está gripado —, põe a maleta no chão e toma o pulso do cadáver. Depois vai até o telefone e pede uma ambulância, desliga, recolhe a maleta e vai para casa.

As mulheres acendem velas e as colocam ao redor de Humberto. Cobrem a cara — está de barriga para cima — com um lenço de seda azul. Chegam os da ambulância com a maca, colocam o corpo sobre ela — derrubando duas velas — e saem carregando-a. Na rua há uma multidão apesar de ser onze e meia da noite. O agente do Ministério Público segue interrogando: "e o que você notou?"

## 2

Humberto Paredes foi velado em ausência. Enquanto seu cadáver estava no Hospital Civil sobre uma mesa, esperando para ser autopsiado, as mulheres chorosas, vestidas de negro, se reuniram na sala de jantar, puseram a mesa em um canto, acenderam velas, ajoelharam-se e rezaram voltadas para a Caveira, que havia tido uma juventude devota. Arcángela não compareceu ao velório. Passou a noite tranquila, sozinha e modorrenta, em seu quarto escuro, graças a uma infusão de folhas de alface que a Caveira lhe deu para beber. O capitão Bedoya, a quem Serafina avisou pelo telefone sobre o ocorrido, chegou a San Pedro de las Corrientes no último ônibus da Flecha Escarlate, entrou na sala de jantar na metade de um Pai Nosso, tirou a boina, colocou um só joelho no chão e fez o sinal da cruz, coisa que raramente fazia por ser ateu. Depois de um tempo, quando se deu conta que o defunto não estava no cômodo, se sentou em uma cadeira.

Às dez horas da manhã seguinte, Serafina, acompanhada do capitão Bedoya e do bacharel Rendón, solicitou na Prefeitura Municipal a permissão para retirar o cadáver de seu sobrinho do Hospital Civil. O Prefeito Municipal, que era amigo dela, lhe deu a notícia; havia chegado uma ordem para fechar o México

Lindo. Serafina se alarmou no começo, porém mais tarde, entre o capitão Bedoya e o bacharel Rendón, a convenceram que o que o Prefeito Municipal havia dito não podia ser verdade: equivaleria a violar a Constituição do Estado.

Às quatro da tarde, quando os empregados da funerária estavam tirando da casa o caixão, chegou o escrivão com a notificação: retirava-se de Arcángela *indefinidamente* a licença de operar o México Lindo, porque o local não cumpriu com o disposto no Regulamento de Salubridade do Estado de Mezcala: a janela do banheiro masculino tinha oitenta centímetros de largura, ao invés de um metro e vinte, como manda a lei. Concedia-se à proprietária um prazo de vinte e quatro horas para desocupar o local.

Quando Arcángela assinou no final do documento dando--se por citada, não sabia o que estava fazendo, porque a dor havia lhe deixado transtornada. O bacharel Rendón foi notificado por Serafina do ocorrido e prometeu ir buscar um mandado de segurança. Durante a procissão, a carroça fúnebre se desconjuntou. O padre Grajales, capelão do sepulcro, se negou a dizer as orações de costume, por considerar que o defunto havia vivido em pecado e morrido sem dar sinais de arrependimento sincero. Quando os coveiros lançaram a primeira pá de terra, Arcángela desmaiou.

## 3

Quando as pranteadoras voltaram do sepulcro, às seis da tarde, encontraram o bacharel Rendón que lhes disse que nenhum dos juízes da cidade tinha querido conceder-lhes um mandado de segurança. Ao entrar no México Lindo, deram-se conta que o juiz Torres havia improvisado um escritório ali no cabaré. Estavam com ele um notário público e dois datilógrafos. O juiz separou as Baladro de suas empregadas, fez com que estas entrassem no cabaré, que se sentassem em umas cadeiras que havia disposto em um canto de propósito, e que ali esperassem por sua vez para passar ao outro extremo do salão onde estavam ele, o notário público e os datilógrafos. O juiz fazia perguntas em voz baixa e pedia a cada mulher que respondesse também em voz baixa, para não influenciar as outras, nem lhes dar tempo de que se preparassem. Uma vez que cada mulher respondia às perguntas que o juiz fazia, saía do cabaré.

As perguntas que o juiz fez às mulheres foram: há quanto tempo exercia a prostituição, há quanto tempo trabalhava com as irmãs Baladro, se havia sido maltratada e se exercia o trabalho voluntariamente ou obrigada por outra pessoa.

As vinte e seis examinadas responderam que não haviam sido maltratadas e que exerciam a prostituição voluntariamente. Este interrogatório foi levado a cabo em condições propícias para que as mulheres respondessem a verdade. O interessante é que várias das interrogadas declararam exatamente o contrário quatorze meses depois.

A ata original desta perquirição está no arquivo do juizado de San Pedro de las Corrientes.

(Nos documentos referentes à morte de Humberto Paredes Baladro aparecem três irregularidades: a ata lavrada pelo Ministério Público dá a entender que o assassinado morreu em consequência de um tiroteio ocorrido no interior do México Lindo, apesar de que nenhum dos que estavam ali disseram ter ouvido disparos; os irmãos Zamora não foram indiciados; os agentes Guillomar e Pacheco admitem ter descido a ladeira seguindo o indivíduo que tinham ordens de prender, mas não dizem ter-se dado conta que estava morrendo. Não há evidência de que as autoridades tenham encontrado, no México Lindo ou na casa da rua de Los Bridones, provas de que Humberto Paredes Baladro se dedicasse ao tráfico de drogas.)

# 4

Naquela noite, na sala de jantar, Serafina discutiu com o capitão Bedoya o que tinha que fazer no dia seguinte, quando desocupassem a casa. Arcángela, parece, não tomou parte nessa conversa.

O capitão Bedoya afirma que, em vista de que todas as casas das irmãs estavam fechadas, aconselhou Serafina a despedir as empregadas e se dedicar a outra atividade.

Diz que Serafina se negou a seguir o seu conselho por duas razões. A primeira é que havia um juiz presente, que seguramente teria lhe obrigado a pagar uma indenização para cada uma das demitidas. A segunda é que o bacharel Rendón opinava que o fechamento do México Lindo era injustificado e que não seria definitivo. O bacharel Rendón ia iniciar um trâmite para revogar a ordem e havia prometido a Serafina que em dois meses, ou quando muito em três, ela e sua irmã poderiam reabrir o seu negócio.

Depois de eliminar a ideia de despedir as mulheres, Serafina e o capitão discutiram onde levá-las enquanto o México Lindo não voltava a funcionar. Estudaram várias possibilidades, desde a chegar com vinte e seis mulheres em um hotel, que se afastou por ser custosa, até dividir as mulheres em vários bordéis da região, que Serafina rechaçou, pelo perigo que havia que os cafetões hospitaleiros depois se negassem a devolver a mercadoria. A solução que adotaram foi ilegal, mas simplíssima: sair de um bordel fechado para entrar em outro bordel fechado. Decidiram levar as mulheres para o Cassino do Danzón, uma casa com todas as comodidades, quinze quartos, onde poderiam passar dois ou três meses sem que ninguém as visse. Não era preciso romper os selos que havia nas portas, porque era possível entrar na casa saltando pelo terraço da casa ao lado, que era a da senhora Aurora Benavides, uma mulher de bom coração que não podia negar um favor às irmãs Baladro.

# 5

Aurora Bautista diz que Serafina as reuniu no corredor e lhes disse:

— Hoje à noite mesmo nós vamos. Tragam só o necessário, deixem nos seus quartos todo o resto, que em dois meses vamos voltar.

Por mais que tenham lhe perguntado, não quis lhes dizer onde ia levá-las.

O capitão Bedoya diz que foi do Escada a ideia de que ele, Bedoya, se sentasse junto à janela do carro, com a boina do uniforme vestida, com o objetivo de que as três barras infundissem respeito no caso de algum policial pelo caminho os parar, por achar estranho ver cinco carros em fila, pela estrada, na madrugada, cheios de mulheres amontoadas.

Aurora Bautista diz que estava sentada no carro, junto com o Escada, fora do México Lindo, quando o capitão saiu da casa, abriu a porta do carro e se sentou em cima dela.

O capitão Bedoya diz que a viagem foi incômoda, mas sem contratempos. Pelo contrário, quando chegaram em Concepción de Ruiz e à rua Independencia ficaram tocando no número 83 cerca de uma hora antes que a senhora Benavides acordasse e abrisse a porta para eles.

Aurora Bautista diz que ela viu que Serafina deu ao capitão Bedoya o dinheiro que tirou de sua bolsa e que o capitão Bedoya o dividiu entre os motoristas, dizendo a eles: — Esqueçam o que viram esta noite, e se lembrarem, lembrem também disso aqui — colocou a mão sobre a pistola que trazia no cinto.

O capitão Bedoya diz que um dos momentos mais perigosos de sua vida foi quando teve que dar o salto entre um terraço e outro de mãos dadas com Arcángela, porque ela se negava a saltar sozinha. Os dois estiveram a ponto de cair.

Aurora Bautista diz que quando chegaram ao Cassino do Danzón a luz elétrica estava cortada, não havia velas e não tinham nada para comer. Deitaram-se na escuridão e dormiram duas mulheres em cada quarto. Na manhã seguinte, Ticho saiu saltando pelo terraço e foi ao mercado. Almoçaram às duas da tarde.

## 6

Nesse dia, 10 de dezembro de 1962, a senhora Aurora Benavides e a senhora Serafina Baladro celebraram um acordo verbal, no qual a primeira consentiu que Eustiquio Natera (Ticho) fizesse um buraco no muro que separa a antessala da casa da senhora Benavides da sala de jantar da casa das irmãs Baladro, com o objetivo de que as pessoas que viviam na casa número 85 da rua Independencia pudessem entrar e sair para a rua pela porta da casa de número 83, sem precisar saltar pelos terraços. Como compensação por este favor, a senhora Baladro se comprometeu a entregar à senhora Benavides a quantidade de duzentos pesos nos primeiros dias de cada mês.

Nesse mesmo dia se celebrou um acordo no qual a senhora Benavides consente que o mesmo Eustiquio Natera conecte um fio à sua instalação elétrica para levar eletricidade à casa ao lado. Vinte pesos por mês.

Ambos acordos foram respeitados por ambas as partes durante os três meses que transcorreram entre sua celebração e o dia em que o capitão Teódulo Cueto encontrou os cadáveres enterrados no quintal.

## Capítulo 9

# A VIDA SECRETA

# 1

Em Concepción de Ruiz as construções importantes estão ao redor da Praça de Armas: o Palácio Municipal, o fórum, a Delegacia de Polícia e o hotel Gómez. Na Praça crescem trinta e oito loureiros, considerados por muitos como o traço mais belo da cidade — as igrejas, todos admitem, não valem nada. Cinco vezes por ano um jardineiro os poda até lhes dar a forma de um cilindro perfeito, imitando as árvores que há no Jardim da Constituição, em Cuévano, que é a capital do Estado.

É uma cidade pequena. Tem quarenta e dois quarteirões. Partindo do centro, não se pode caminhar mais do que quatro quadras em nenhuma direção sem chegar aos lixões. Segundo o diretório telefônico, em Concepción de Ruiz há vinte e oito assinantes, dos quais onze tem sobrenome Gómez.

Se alguém para em uma rua que está voltada para o oriente ou para o sul, vê em perspectiva as paredes de adobe, a rua de terra e, no horizonte, os campos de alfafa. Se, por sua vez, olha para o poente ou para o norte, vê um recorte entre os tetos planos e o perfil azulado da serra de Güemes. Quem caminha nota que todas as portas são iguais, de algarobeira, e todas as janelas diferentes, de ferro. Estas foram feitas por um ferreiro natural da cidade que se orgulha por nunca ter repetido um desenho.

Fora as janelas e os loureiros, não há nada que possa distinguir esta cidade, onde não se faz nem doces locais. Os vendidos são trazidos de Murangato.

Há quatro construções de dois andares: o Palácio Municipal, o hotel Gómez, o Cassino do Danzón e a casa da senhora Benavides. As duas primeiras foram construídas ao mesmo tempo e foram inauguradas em 1910, durante as festas do Centenário. Cinquenta anos se passaram sem que nenhum habitante de Concepción de Ruiz sentisse necessidade de ter um segundo andar, até que chegaram as irmãs Baladro e construíram o Cassino do Danzón. Quando a obra estava pela metade, a senhora Benavides decidiu agregar outro andar a sua casa, não porque precisasse de mais quartos — é viúva e vivia sozinha —, mas por não tolerar que alguém, na mesma quadra, tivesse uma casa mais alta que a sua.

A rua Independencia é a segunda a partir da margem. Na esquina próxima ao Cassino do Danzón há um moinho de *nixtamal*[14] e um açougue. Mais próximo, cruzando a rua, há um tanquezinho. Os donos destes três comércios sabiam que as mulheres haviam regressado e que estavam vivendo na casa fechada. Nenhum deles avisou a polícia.

## 2

Sinais de vida no Cassino do Danzón que foram observados pelos vizinhos entre 10 de dezembro de 1962 e meados de janeiro de 1964:

Uma mulher que vive na casa contígua diz que com frequência ouviu no quintal vozes e ruído de gente que lava roupa e uma vez ouviu várias mulheres que cantavam *"Paloma Currucucú"*[15].

Um rapaz diz que uma tarde decidiu saltar o muro — da casa que achava estar desocupada — com o objetivo de pegar abacates. Estava montado no muro quando viu duas mulheres agachadas, que haviam sido mais rápidas que ele.

Um empregado da Companhia de Luz e Força diz que cada vez que passava pela rua Independencia de noitezinha estranhava ver uma luz nas janelas da sala de jantar — as únicas que dão para a rua —, por ter ele mesmo sido encarregado de cor-

14 NIXTAMAL: Alimento produzido com milho cozido e macerado em uma solução alcalina, em geral utilizando-se cal ou cinza de madeira. Esse processo torna o milho mais nutritivo e mais fácil de ser manejado na massa de tortilhas e tamales, pratos próprios da comida mexicana.

15 PALOMA CURRUCUCÚ: Faz referência à canção mexicana de estilo huapango *Currucucú paloma*, composta por Tomás Méndez em 1954.

tar a luz daquela casa no dia em que as autoridades a fecharam.

O proprietário do moinho de nixtamal que fica na esquina diz que a mulher chamada Caveira costumava ir ao negócio que é de sua propriedade todos os dias e que fazia com que moessem seis quilos de nixtamal e algumas vezes sete.

Uma mulher que vive em uma casa em frente diz que às vezes, pela manhã, quando estava varrendo a calçada, via sair da casa da senhora Benavides as três mulheres com cestos, caminhando para o lado do mercado. Sabia que nenhuma das três era a senhora Benavides, a quem ela conhece muito bem.

A mesma testemunha diz que estranhava que um militar visitasse com frequência a senhora Benavides, por ser esta uma senhora recatada, membra da Sociedade da Vela Perpétua.

Pedro Talavera, comerciante, diz que em uma ocasião encontrou no armazém dos irmãos Barajas o indivíduo chamado Ticho, que em uma época havia trabalhado como leão de chácara no Cassino do Danzón. Diz que lhe perguntou: "E agora trabalha com o que, compadre?", e o outro respondeu, "tenho umas galinhazinhas", ao dizer isso colocou um saco de oitenta quilos nas costas e foi embora. Antes de chegar à porta do bar, caíram do saco vários feijões — que não é comida de galinha.

Um caixeiro viajante diz que encontrou no terminal de ônibus três mulheres que havia conhecido no México Lindo e sabia que eram prostitutas. Perguntou a elas onde estavam trabalhando, com intenções de visitá-las, e que elas responderam que já tinham deixado a vida e que trabalhavam como operárias, mas não souberam dizer em que fábrica, o que ele estranhou.

(Seguem mais testemunhos, dos que se depreende que até setembro as empregadas das Baladro saíam à rua, raras vezes, em grupos de duas ou três. Nenhum dos testemunhos faz menção de que a jukebox funcionasse, nem se sabe de nenhum homem que tenha comparecido, durante a época que nos interessa, ao Cassino do Danzón na qualidade de cliente.)

# 3

A Caveira diz:

Nos primeiros dias que passamos em Concepción de Ruiz depois de nossa volta, a senhora Arcángela não levantou a cabeça. Passava os dias e as noites deitada em sua cama, olhando o teto, no quarto quase escuro. Não estava nem dormindo nem acordada. Não falou com ninguém nem comeu. Bebia só os chás que eu fazia para ela. A senhora Serafina se encarregava de tudo. Ela me dava o dinheiro, eu ia ao mercado e prestava contas para ela.

Assim devem ter passado cerca de duas semanas. Então, uma manhã desci à cozinha para acender o fogo e ouvi um ruído. A senhora Arcángela havia se antecipado, a encontrei perto do braseiro, assando umas pimentas. Olhou para mim e disse:

— Tenho fome.

Tudo mudou. Perguntou quanto estava gastando. Quis ver as contas.

— Estão jogando dinheiro fora — disse.

Começou a economizar. Um dia achou ruim que eu comprasse *nopales*[16].

— Se tem tanto lá na colina de graça, por que trazer do mercado onde custam dinheiro? Leva três mulheres, que afinal de contas não têm nada para fazer, e coloque elas para cortar nopales até encher os baldes e mande carregarem até aqui.

Ficou de má vontade para com as meninas, porque não trabalhavam.

— Olhe para elas — me disse uma vez que viu umas que estavam lavando. Parecem pássaros recém-saídos da casaca. Só abrem a boca, esperando que deem de comer.

Anotava todas as noites em seu livro o que cada menina comia.

(O livro de Arcángela é um caderno comum com capa dura, dos que se consegue em qualquer papelaria. Seu conteúdo

---

16 NOPALES: Folhas largas e planas do cacto de figo da índia, também conhecido como pera espinhosa. Ingrediente comum na cozinha mexicana, também é usado para fins medicinais.

está datado de junho de 1962 até setembro de 1963. Arcángela escreve com caligrafia sem refinamentos, mas legível, com tinta verde. Nas primeiras páginas aparece o estado das contas semanais das empregadas: na primeira coluna os nomes, nas duas seguintes o "crédito" — o que cada mulher ganhava como comissão no cabaré e de trabalho no quarto —, nas quatro seguintes o "débito", descontos por gastos de alojamento, comida, vestidos e dinheiro adiantado. Nas últimas colunas aparecem os saldos semanais, que no caso de serem negativos geravam um juro de três por cento ao mês. Durante os meses que as mulheres estiveram vivendo no Cassino do Danzón fechado, sem nenhuma renda, acumularam dívidas enormes, que somam mais de meio milhão de pesos. Arcángela registrou rigorosamente as contas do que suas empregadas lhe deviam até meados de setembro, época em que perdeu a esperança de cobrar.) Em fevereiro — prossegue a Caveira — a senhora Arcángela disse que não podia seguir mantendo tantas vagabundas e decidiu transferir onze meninas para dom Sirenio Pantoja, que tinha negócios em Jaloste e que já fazia um tempo havia dito à senhora que ele compraria as mulheres que ela não quisesse. Se vou dizer a verdade, a senhora vendeu para dom Sirenio o piorzinho, as mais rebeldes e as mais feias. Quando foram embora, ficamos mais contentes. Dizem que dom Sirenio deu à senhora onze mil pesos.

## 4

Representando as irmãs Baladro, o bacharel Rendón iniciou as seguintes ações legais: três demandas consecutivas contra funcionários públicos destinados a demonstrar que o fechamento do México Lindo era anticonstitucional, injusto e improcedente. Estas três demandas falharam, porque o juiz que as examinou declarou-as, por sua vez, improcedentes. O bacharel Rendón pediu então ao tribunal que fixasse a multa que tinham que pagar suas representadas para voltar a abrir o

México Lindo. O tribunal demorou tanto em deliberar sobre esta multa que a presente história terminará antes que se saiba a sua decisão. Ao ver que o tempo passava em vão, o bacharel Rendón solicitou pelas Baladro a licença para abrir outro negócio que não fosse o México Lindo. Foi-lhe negada por estar pendente o pagamento da multa que as solicitantes tinham que pagar pelo México Lindo. Ou seja, não podiam abrir outro negócio porque não haviam pagado a multa, e não podiam pagar a multa porque não se sabia quanto era. O juiz se negou a aceitar fiança ou depósito. Por fim, o bacharel Rendón fez uma declaração dirigida ao Governador de Mezcala e assinada pelas Baladro, cheio de fórmulas respeitosas, pedindo-lhe a licença para abrir um centro noturno "na cidade do Estado que o senhor ache por bem indicar". Este papel foi de um escritório a outro lentamente e voltou ao fim de vários meses para as mãos do bacharel Rendón com uma resposta a mão que dizia: "negue-se qualquer petição que façam as que subscrevem". E a assinatura do bacharel Sanabria — o homem que dançou com o Escada —, secretário particular do Governador.

Os trâmites legais que as Baladro fizeram em Plan de Abajo tiveram mais êxito. No mês de março de 1963, liberaram a casa do Molino e a venderam para um seleiro, que a converteu em oficina. O capitão Bedoya conseguiu convencer as irmãs de que o dinheiro que receberam nesta transição deveria ser investido em um rancho.

## 5

Eu me chamo Radomiro Reyna Razo, sou natural de Concepción de Ruiz. Fui eu quem vendeu às irmãs Baladro o rancho Los Ángeles, mas aviso que quando assinei a escritura ignorava quem elas eram, a que negócios se dedicavam e nunca imaginei o uso que iam dar para as terras que vendi.

Foi assim: eu precisava pagar uma dívida e não tinha com o quê, então decidi vender parte das minhas propriedades. Expus esta intenção para várias pessoas e uma tarde, no bar do hotel Gómez, me abordou o capitão Bedoya, a quem eu conhecia só de vista, e me disse:

— Quanto me dá de comissão se eu conseguir um comprador para estas terras que está vendendo?

Fiz uma proposta, ele aceitou e as duas chegaram na minha casa em um carro alugado, as senhoras Baladro.

Nunca teria imaginado que fossem cafetinas. Pelo contrário, achei elas tão sérias que as convidei para entrar na sala e as apresentei para a minha esposa. Estavam vestidas de preto. A mais velha, que era a que tinha mais autoridade, vestia um lenço, como se fosse passar a tarde na igreja. Tratava sua irmã como se esta fosse senhorita. Quando a mais jovem cruzou a perna, a mais velha disse a ela: — Cubra-se, Serafina.

A outra repuxou o vestido até cobrir o joelho. Causaram uma impressão tão boa à minha esposa que ela lhes ofereceu vermute com biscoitos e elas tomaram com muita decência, sem dizer palavrões nem se embebedar. Depois me ofereci a levá-las aos terrenos e minha esposa nos acompanhou. Quem ia imaginar que estávamos no mesmo carro eu, minha esposa e duas proxenetas?

No dia em que assinamos a escritura, elas chegaram ao cartório com uma bolsa de papel com manchas de graxa da qual foram tirando cento e cinquenta mil pesos em notas de quinhentos, que me entregaram. O capitão Bedoya esteve presente, mas me fez sinal de que não lhe desse o dinheiro de sua comissão na frente das senhoras. Saímos para a rua com algum pretexto e então lhe paguei.

Depois da assinatura, quando elas e o capitão tinham ido, o cartorário, que as conhecia, me disse que tipo de mulheres que eram. Mas já era tarde demais, as assinaturas estavam firmadas, eu tinha o dinheiro na mão e estava com muita urgência.

# 6

Eulalia Baladro de Pinto diz:

Teófilo acabava de perder tudo o que tínhamos pela terceira vez. Quando chegou a carta das minhas irmãs, os bacharéis estavam embargando nossos móveis da sala. A carta disse assim:

"Querida Eulalia:

"Em vista de que o negócio do qual vivemos tantos anos está ficando cada dia mais difícil, decidimos nos dedicar à agricultura. Queremos que Teófilo, que sabe tanto de ranchos, os administre, etc..."

A carta havia sido escrita por Arcángela, mas assinavam as duas. Teófilo e eu vimos nela um raio de esperança e no dia seguinte fizemos as malas e fomos para Concepción de Ruiz. (Diz que por instruções de suas irmãs se hospedaram no hotel Gómez. Afirma que nos sete meses que se seguiram, de trato frequente, nem ela nem seu marido se deram conta de que suas irmãs estiveram vivendo no Cassino do Danzón. Na mesma tarde de sua chegada foram ver o rancho com as Baladro, no carro do Escada.)

— Neste pedacinho — Arcángela disse para Teófilo — quero que semeie flores para colocar no túmulo do Beto no Dia dos Mortos.

Era o começo do tempo de chuvas e o milho estava brotando — diz Eulalia —, mas o lugar me pareceu muito solitário. (Descreve a casa do rancho, o celeiro em ruínas, o telheiro desproporcional e o sentimento de melancolia que a invadiu quando olhou ao seu redor e compreendeu que não conseguia avistar outra casa habitada.)

Teófilo — diz Eulalia — fez um projeto do que tinha que fazer para que o rancho fosse produtivo e um orçamento do que ia custar. Minhas irmãs acharam muito bom o projeto, mas muito caro o orçamento. Entregaram ao meu marido, aos poucos, menos da metade do dinheiro que precisava, por isso pôde arrumar a casa, mas não conseguiu ligar a água e a luz elétrica. Conseguiu reparar o celeiro, mas não teve dinheiro para comprar as vacas, conseguiu semear o milho, mas não a alfafa. No lugar de todas as coisas que faltaram elas nos deram algo que não era necessário.

Uma manhã minhas irmãs chegaram no rancho com um saco grande, envolto em jornal. Arcángela o colocou na mesa da cozinha e disse para Teófilo abri-lo. Era a carabina.

— Estou dando para você — disse para Teófilo — para que use ela em quem quiser levar as vacas.

Não havia vacas então, nem houve depois.

## 7

No dia 14 de julho, as irmãs Baladro fizeram um piquenique no rancho Los Ángeles. Convidaram um padre que benzeu as terras que elas acabavam de comprar e as batizou com seu novo nome — anteriormente o rancho havia se chamado El Pitayo. A lista de homens que compareceram na festa reflete a mudança na sorte das irmãs Baladro. Ao invés de deputados locais, prefeitos municipais, líderes sindicais e gerentes de banco, estiveram o capitão Bedoya, um ajudante seu chamado Valente Nicolás, o Escada, Ticho e Teófilo Pinto. Compareceram também quinze mulheres. Enquanto esperavam que chegasse o padre que ia benzer as terras, homens e mulheres formaram duas equipes mistas e jogaram futebol com uma bola que o Escada tinha no porta-malas do carro.

Quando o padre foi embora — tinha que celebrar um batizado — os convivas abriram garrafas e brindaram, comeram tarde, *mole*[17] vermelho feito pela Caveira e arroz feito por Eulalia, o Escada tocou violão e as mulheres cantaram. Não choveu.

Três dias depois, Blanca morreu.

---

17 MOLE: Molho mexicano feito com uma mistura de pimentas, especiarias, nozes, chocolate e outros ingredientes, geralmente servido com carne de frango ou peru. Apesar de sua aparente similaridade linguística, o termo vem de "m☒lli", da língua nahuatl.

# Capítulo 10
# A HISTÓRIA DE BLANCA

# 1

(Blanca X. Ticomán, 1936 — Concepción de Ruiz, 1963)

Em Ticomán a areia é branca, solta, os pés se afundam ao caminhar. A praia é larga. Há um rio pedregoso que desemboca no mar. No leito deste rio os habitantes do lugar cavaram poços em tempo de seca desde que a memória alcança. As pessoas de Ticomán são do continente e vivem de costas para o mar. Os homens trabalham nas plantações que estão na encosta da colina, as mulheres dão de comer aos porcos que estão no curral. Ninguém sabe nadar, ninguém se atreve a se meter no mar. Ninguém espera nada dele. A única coisa que aproveitam do mar é a lenha: esperam que o rio, nos tempos de águas, arraste-a para o mar e que o mar jogue na praia.

No mar esquecido vê-se, ao longo, os penhascos brancos, e mais longe os barcos que passam e nunca chegam a Ticomán.

As famílias são numerosas. Os homens adultos, quando se embebedam, dizem que queriam ir trabalhar em outro lugar. Os filhos, quando crescem, vão embora. As mulheres ficam, ainda que não todas.

Podemos imaginar que Blanca, quando criança, fez o que fazem em Ticomán na sua idade: caminhou na praia com um cão, pegou lenha na beira do mar, tirou água do poço, etc., até que chegou a Ticomán uma velha de xale que começou a se sentar de tarde em uma cadeira de palha e ficar olhando o mar. Viu passar a menina que levava uma braçada de lenha.

Da praia, a história salta para a feira de Ocampo. Muita gente devota comparece a esta feira, que vai cumprir promessas feitas à Virgem de Ocampo. Uns, por fazer penitência, descem carregando vigas desde a Ermida — que é onde está o manancial de águas milagrosas —, outros caminham descalços por um trecho sobre ramos de nopal, as mulheres cruzam de joelhos o átrio do santuário, que tem piso de pedra-pomes e cem metros de largura. Trata-se de chegar sangrando perante a imagem venerada: só assim se tem a segurança de que foram perdoados ou que o milagre vai ser concedido.

Muitos não vão à feira por motivos religiosos, mas pelo comércio que há. Em Ocampo, durante os dias da feira, compra-se e vende-se de tudo: incenso, círios pascoais, pingentes de prata, terços, cavalos, galos de briga, uma junta de bois, uma mulher.

Na feira de Ocampo de 1950, Jovita X., a mulher que se sentava de tarde na cadeira de palha e ficava olhando para o mar, vendeu às irmãs Arcángela e Serafina Baladro uma menina de quatorze anos, chamada Blanca, por trezentos pesos.

Segundo a Caveira, que presenciou a transação, esta teve lugar em um dos barracos que há em Ocampo nos quais se hospedam os peregrinos. As Baladro inspecionaram minuciosamente a menina antes de fechar o trato e não encontraram outro defeito além dos dentes manchados — todo mundo em Ticomán tem isso, por tomar a água que tiram dos poços cavados no leito do rio —, o qual foi motivo de regateio. A senhora Jovita pedia quatrocentos pesos.

Nesse mesmo dia ocorreu algo que, segundo a Caveira se recorda muitos anos depois, tem todas as características de um mau presságio. Foi assim. Na mesma cantina em que as Baladro comiam durante os dias que passaram em Ocampo costumavam ir duas moças irmãs que haviam chegado àquela cidade acompanhando seu pai, que estava cumprindo promessa. Serafina, que então precisava de mulheres para a casa do Molino, considerou-as de boa aparência e aproveitou um momento em que o pai estava ausente para entabular uma conversa com elas. Disse a elas que era dona de uma sapataria em Pedrones e que precisava de empregadas. Ofereceu trabalho, um salário de duzentos pesos por mês, casa e comida. Parece que a perspectiva de ir viver em Pedrones interessou às meninas, que eram de Pueblo Viejo, e ficaram de decidir no dia seguinte. Ou seja, no dia em que as Baladro compraram a Blanca. Depois de comprar esta e pagar por ela, a levaram para comer na cantina. Estavam as quatro — a quarta é a Caveira — comendo o arroz quando chegou o homem que estava cumprindo a promessa, acompanhado, não por suas filhas, mas por dois policiais, que levaram Serafina. Ficou presa no cárcere municipal por vinte e quatro horas, acusada de tentativa de corrupção de menores. Arcángela teve que pagar duzentos e cinquenta pesos para que a colocassem em liberdade. O presságio, explica a Caveira, consiste em que no primeiro dia que passaram com Blanca acabou sendo a primeira noite que Serafina passou na prisão.

## 2

Caráter de Blanca:

Foi afastada de sua família sob enganos, vendida e comprada, iniciada na prostituição aos quatorze anos e, entretanto, tudo parece indicar que foi feliz.

Não se sabe o que a senhora Jovita ofereceu a Blanca — ou a senhora Jovita à mãe e a mãe à Blanca — para induzi-la a acompanhá-la por quatrocentos quilômetros que separam Ticomán de Ocampo. O mais provável é que não tenha cumprido sua promessa. Contudo, no momento do desengano, quando as Baladro inspecionaram Blanca entre os catres do casebre dos peregrinos, esta, diz a Caveira com admiração, não deu sinais nem de surpresa nem de vergonha, foi com as Baladro sem protestar quando, fechado o trato, Jovita lhe disse "acompanha as senhoras", e não perdeu o apetite quando os policiais levaram Serafina: foi a única que teve ânimo de comer a sobremesa. Dias depois, no México Lindo, quando Arcángela lhe explicou em que iam consistir suas obrigações — segundo a Caveira, é o momento em que muitas choram —, respondeu sem se perturbar "como você quiser, senhora".

Nos anos em que exerceu a prostituição não se lembra que tenha havido contra ela nenhuma queixa e, pelo contrário, recebia muitos elogios.

Teve vários nomes. No Censo Antivenéreo do Estado de Mezcala esteve registrada como María de Jesús Gómez, María Elena Lara, Pilar Cardona, Norma Mendonza e, por fim, com o nome que conservou até a sua morte e com o qual é recordada até hoje: Blanca Medina.

(Se não seguiu mudando de nome, nota a Caveira, não foi porque lhe faltou vontade, mas porque o doutor Arellano, que era o que dirigia o Censo, se exasperou e disse a ela muito irritado que não podia continuar mudando.)

A variedade de nomes parece ter correspondido aos diferentes aspectos de sua personalidade que, ainda que básica, foi multitudinária. Segundo é descrita pelos que a conheciam, seu grande talento e o segredo de seu êxito consentiu na habilidade de permitir aflorar perante cada homem certas qualidades que ele, sem se dar conta, esperava. A isto se devem as contradições que há nos relatos de seus admiradores: fez um esperar por duas horas, no bar, sozinho, enquanto ela, em uma mesa, também sozinha, fingia esperar "um namorado", que não existia e que por óbvio nunca chegou. Depois fingiu estar irritada, foi até aquele que estava no bar, o levou para o seu quarto e se entregou a ele em uma espécie de catalepsia erótica que o outro achou formidável. Com outro, ao contrário, um advogado, rasgou a gravata ao despi-lo, com um empurrão o jogou na cama e se lançou sobre ele. Este cliente também ficou satisfeito.

Uns dizem que sabia escutar com atenção e em silêncio, e que tinha paciência para ouvir as histórias que lhe contavam, por mais longas que fossem. Outros a descrevem loquaz: o Libertino, por exemplo, diz que durante uma temporada de vários meses, cada vez que a visitou, ela lhe contou um novo episódio de uma história inventada. O que mais admira o Libertino é que durante a mesma temporada Blanca estava contando outra história muito diferente e também inventada para um amigo dele que também a visitava. Pelo contrário, um engenheiro de mineração que esteve com Blanca uma só vez assegura que tiveram uma contenda inesquecível que durou duas horas, durante as quais ela não disse uma só palavra.

Suas companheiras lembram dela com admiração e afeto. Apesar de ser a que ganhava mais fichas, não deu motivos para invejas. Recomendava os serviços de suas companheiras menos afortunadas e cedia a vez para qualquer uma que tivesse o vislumbre de uma oportunidade. Ninguém se recorda dela se engalfinhando com outra por inveja ou por ganância. Presenteava as outras com suas roupas quando ainda estavam em bom estado. As patroas e a Caveira a adoravam.

Sabe-se que a única inibição de Blanca se produzia entre os dentes manchados, os quais iam a dar origem ao seu único luxo. Economizou por anos e quando teve o suficiente foi a um dentista famoso de Pedrones que colocou quatro dentes de ouro no lugar dos incisivos superiores. Esta inovação deve ter modificado a aparência de Blanca, mas não a desfigurou. Segundo o Libertino, que a conheceu com os dentes manchados, sem dentes — nos dias entre os que lhe tiraram uns e colocaram os outros — e com os dentes de ouro, não sabe dizer de como ele gostava mais. O brilho dourado só ressaltou sua beleza exótica: Blanca era negra.

## 3

A história que Blanca contou ao Libertino:

Blanca disse que havia saído para a rua, havia chegado à Praça de Armas e havia sentado em um banco. Passou um homem que ela achou muito lindo, e voltou a passar e voltou a passar, até que se sentou no banco em frente e ficou olhando para ela. Blanca voltou para casa, sem que o outro se atrevesse a falar com ela. No dia seguinte, Blanca voltou à Praça de Armas e o homem voltou a passar na frente dela, a se sentar e a olhar para ela. No terceiro dia, o homem se aproximou e lhe disse que era um futebolista e lhe perguntou quem ela era. Ela lhe disse que era garçonete em um restaurante. Ele lhe disse que queria se casar com ela. Ela lhe disse que era impossível, porque tinha uma mãe doente (?)

Seguem muitos episódios em que o homem, que insiste e a persegue, está a ponto de descobrir sua verdadeira profissão. Por exemplo: convida-a para irem a uma ostraria e ela toma várias cervejas, perde a memória, e quando volta a si sente a angústia de não saber se durante a obnubilação disse: "Ai, cacete, sou puta!" Ou então, o homem chega com outros futebolistas ao México Lindo e ela tem que se esconder embaixo de uma mesa, etc.

A história termina na noite em que o Libertino chega ao cabaré e encontra Blanca triste, lhe pergunta a causa da tristeza e ela lhe diz que o futebolista morreu. Na sequência descreve, com luxo de detalhes naturalistas, um acidente sangrento ocorrido na rodovia. A partir dessa noite, Blanca não volta a mencionar o futebolista e o Libertino não se atreve a perguntar pelo defunto.

## 4

Sua doença:

No mês de setembro de 1962 — os bordéis de Plan de Abajo foram fechados, todas as mulheres vivem e trabalham no México Lindo —, Blanca se deu conta que estava grávida. Não era a primeira vez. Como em ocasiões anteriores, pediu ajuda para a Caveira e esta — segundo sua própria declaração — preparou uma infusão de folhas de abrótano macho e de arruda, que a paciente tomou, quente, uma xícara, três vezes ao dia. Este remédio, que a Caveira havia preparado muitas vezes e que havia sido usado com excelentes resultados pela maioria das mulheres que trabalhavam com as Baladro, era considerado infalível para provocar o aborto. Blanca o tomou durante dois meses sem nenhum efeito, de modo que decidiu consultar seu caso com as irmãs Baladro. Serafina a aconselhou a se submeter a uma operação e lhe disse que ela e sua irmã pagariam o médico.

O doutor Arellano, cuja assinatura aparecia no pé de vários documentos que estavam em poder de Arcángela, aceitou provocar o aborto em troca destes documentos, depois de rogar e advertir que a operação era perigosa por estar em uma gravidez mais avançada. Operou Blanca em seu quarto, auxiliado pela Caveira, em um dia de novembro. O êxito foi parcial, porque provocou o aborto, mas também uma hemorragia abundante e persistente, que o médico atribuiu à instabilidade sanguínea que a doente tinha, causada pelo tratamento à base de abrótano macho e de arruda. Para parar a hemorragia teve que administrar à paciente oito injeções de vitamina K. Às onze da noite, a hemorragia cessou e todos acreditaram que Blanca estava salva. O doutor se retirou para sua casa depois que Arcángela lhe entregou seus documentos. Serafina e Arcángela foram cuidar do cabaré e a Caveira dos quartos. A doente ficou sozinha, adormecida. No dia seguinte, quando a Caveira entrou no quarto com um copo de suco de laranja, notou que as feições de Blanca haviam perdido a simetria. A inspeção que foi feita depois demonstrou que o lado esquerdo de Blanca estava paralisado.

O doutor Arellano se negou a visitar a doente, então Serafina, contra a vontade de Arcángela, que temia o gasto e as complicações, chamou o doutor Abdulio Meneses, que examinou Blanca e depois de fazer várias perguntas capciosas sobre a origem da doença — que devem ter recebido respostas ainda mais capciosas — determinou a hospitalização da paciente em seu hospital particular, com o intuito de submetê-la a um tratamento intenso.

Blanca foi admitida no Hospital de Nossa Senhora do Pilar — que tinha fama de ser dos melhores da região — em 4 de dezembro de 1962. Nos documentos de ingresso, Serafina Baladro aparece como sua parente mais próxima e a responsável por pagar a conta. Nos dias 5 e 6, várias companheiras de trabalho de Blanca a visitaram e a encontraram muito melhor; no 7, o Libertino levou um buquê de rosas vermelhas e não pôde reprimir — diz uma enfermeira que o viu — um gesto de horror ao vê-la tão deformada; na noite do dia 8, assassinaram Beto; no dia 10, se fechou o México Lindo; no 11, o doutor Meneses se exasperou para cobrar a conta e determinou que se suspendesse o tratamento de Blanca e que lhe dessem alta.

Os documentos de saída do Hospital de Nossa Senhora do Pilar dão a impressão de que a doente foi levada por uns parentes — há uma assinatura ilegível. Nesse mesmo dia, Blanca ingressou no Hospital Civil de San Pedro de las Corrientes com o nome de María Méndez — o único que teve em sua vida que não foi inventado por ela —, sem que apareça na ficha a referência a nenhum parente nem ao doutor Abdulio Meneses.

Em janeiro, o Libertino quis visitar Blanca e a recepcionista do Hospital de Nossa Senhora do Pilar lhe informou que a doente havia recebido alta e fora levada por parentes. O Libertino supôs que Blanca estaria sã e vivendo com as Baladro e não insistiu em procurá-la. Confiava que as irmãs não tardariam a reaparecer, abrindo um negócio fora de San Pedro ou em alguma outra cidade da região, e que quando isto ocorresse se comunicariam com ele, que era um dos clientes mais assíduos. As Baladro, por sua vez, esqueceram a Blanca por um tempo, com as angústias da morte de Beto, o fechamento do México Lindo e o transtorno da mudança. Quando finalmente se lembraram dela, supuseram que estava no Hospital de Nossa Senhora do Pilar, com uma conta de gastos muito longa que Serafina havia se comprometido a liquidar. Esta última consideração fez com que não tentassem visitá-la, nem averiguassem como estava.

Assim veio março, mês no qual o Libertino teve que ir até Concepción de Ruiz para cobrar uma conta atrasada — vende peças de reposição para carros. Terminado o negócio, em um arroubo de nostalgia erótica, quis ver outra vez a fachada do Cassino do Danzón. Deixou o carro na Praça de Armas, caminhou até a rua Independencia e estava parado na frente da porta selada quando viu com surpresa que pela porta da casa ao lado saía a Caveira, que ia comprar manteiga. Abraçaram-se como os velhos amigos que eram, a Caveira lhe contou duas mentiras — que estava visitando a senhora Benavides que era sua amiga, e que ela e as outras mulheres estavam vivendo em Muérdago —, o Libertino perguntou por Blanca, ela lhe respondeu que estava no Hospital de Nossa Senhora do Pilar...

Foi assim que se deram conta que Blanca havia desaparecido. Enquanto caminhavam juntos até o açougue decidiram procurá-la, ocorreu ao Libertino avisar a polícia, a Caveira suplicou que ele não fizesse isso — para explicar por que era necessária tanta discrição, teve que lhe dizer onde as Baladro estavam vivendo, ela e as outras mulheres —, o Libertino concordou em procurar ele mesmo a Blanca, com discrição, e comunicar os resultados, quando os tivesse, pelo telefone da loja de carros onde o Escada trabalhava.

Três dias depois desta conversa o Libertino encontrou Blanca no primeiro lugar em que procurou: na sala de mulheres do Hospital Civil. Não era nem a sombra da mulher que ele havia conhecido: o rosto da doente havia se tornado grotesco e suas faculdades mentais haviam sido afetadas. Custava-lhe trabalho reconhecer e recordar. Sua voz, por estar com a metade da boca paralisada, era quase ininteligível.

O Libertino ficou tão transtornado com sua descoberta que avisou à Caveira pela via que haviam acordado, e não quis saber mais nada de Blanca.

## 5

A Caveira visitou Blanca no dia seguinte. O diretor do hospital, ao ver que a doente María Méndez tinha uma visitante, chamou a Caveira à parte e lhe disse que a outra estava perdida, que por favor dissesse aos parentes para que a levassem, porque havia casos mais sérios que os dela que estavam esperando por um leito.

No dia seguinte, as irmãs Baladro chegaram ao Hospital Civil no carro do Escada, assinaram os papéis que precisaram assinar e levaram a Blanca para viver com elas no Cassino do Danzón.

Segundo os testemunhos, duas mulheres desciam a Blanca todas as manhãs de seu quarto e a levavam ao quintal onde deixavam que tomasse sol um pouquinho, encolhida em uma artesa. Depois voltavam a subi-la para o seu quarto. Estava esquelética, se alimentava de *atoles*[18] que a Caveira preparava, não dava sinais de entender o que ouvia e ninguém entendia o que ela dizia.

Em maio, Arcángela, que se queixava constantemente dos gastos tão grandes que tinham para manter tantas bocas e da falta de lucros, decidiu que uma vez que Blanca não podia mastigar, o melhor seria tirar-lhe os dentes de ouro e vendê-los, como compensação pelos trabalhos que estavam passando por sua culpa. Com este intuito, entrou uma manhã no quarto de Blanca e quis arrancar-lhe os dentes, mas a outra fechou a boca de tal maneira que Arcángela, depois de forcejar um pouco, teve que desistir de seu intento.

Em 5 de julho, a Caveira fez uma viagem para Pedrones e consultou uma senhora Tomasa X., que é curandeira famosa, sobre o remédio para a paralisia. Foi Tomasa X. quem lhe explicou o tratamento, que será visto mais adiante, e o recomendou como eficaz. Ao voltar para Concepción de Ruiz, a Caveira pediu para suas patroas a permissão para tentar uma cura e elas a concederam.

(Passam vários dias nos quais a Caveira e outras mulheres estão ocupadas preparando o mole que vai ser consumido na benção do rancho.)

Chega o 17 de julho. Ticho junta com arame as pernas de três mesas para dar-lhes rigidez e as coloca no centro do cabaré, que é o lugar que a Caveira considerou mais propício para levar a cabo a cura. Feito isto, Ticho sai para a rua e não se sabe o que aconteceu depois. Às onze, acendem dois braseiros e se colocam aos lados das mesas. Marta, Rosa, Evelia e Feliza, que atuam como ajudantes da Caveira, descem a doente de seu

---

18 ATOLES: é uma bebida quente tradicional do México, produzida com milho nixtamalizado, podendo ser doce ou salgada, preparada com água, podendo levar também leite, açúcar, canela e outros ingredientes.

quarto, despem-na e a colocam sobre as três mesas. Enquanto as ajudantes põem para esquentar nos braseiros seis placas de ferro, a Caveira fricciona o corpo da doente com uma tintura de casca de palo santo. As assistentes prendem a doente às mesas com dois lençóis. As Baladro presenciam a cura desde a sacada que há na parte alta do cabaré. As assistentes cobrem o corpo da doente com uma manta fina de flanela. Marta, com um jarrinho na mão, está encarregada de borrifar a manta, sobre a qual a Caveira aplica as placas quentes, Rosa é a que muda as placas quando esfriam, Evelia e Feliza sujeitam a doente quando se retorce.

A receita diz: aplicar as placas bem quentes, na manta umedecida, sobre o lado paralisado da doente, até que a manta adquira uma cor de café escuro.

No começo pareceu que a cura ia ter êxito. A doente não só gritou com mais coerência que a que havia tido ao falar nos últimos meses, mas ao serem aplicadas as pranchas se notou que movia músculos que haviam estado imóveis por muito tempo. Depois, a doente perdeu os sentidos. As que a curavam trataram de fazê-la voltar a si dando-lhe um pouco de Coca-Cola, mas não conseguiram fazê-la engolir: escorria por entre os lábios. Por um momento, a Caveira hesitou entre suspender a cura ou seguir adiante. Optou pelo segundo e seguiu aplicando as pranchas até que a manta adquiriu a cor de café escuro que a senhora Tomasa havia recomendado. Tentaram dar-lhe Coca-Cola outra vez, sem resultado. Ao retirar a manta do corpo da doente viram, com surpresa, que a pele havia ficado presa no tecido.

— Cubram ela, cubram ela! — dizem que Serafina gritou desde a sacada.

Uma mulher foi correndo atrás de outra manta. As outras desamarraram a doente. Quando estava novamente coberta, subiram-na com a ajuda de todas até seu quarto e a deitaram na cama. Não voltou a si. As que haviam tentado curá-la e as patroas a acompanharam até as doze da noite, hora em que deixou de respirar.

ÁREOS CON LAS MALDITA
MPLICES Y VICTIMAS LAS ACUSAN DE T
Crímenes sin cuento en un campo de mujeres
DECLARO PRESAS!
"TU LAS MATASTE..."
"POQUIANCHIS"
"TU LAS MATASTE..."
NSTERNACION
LA BESTIAL HISTORIA
NFIANZA EN LAS
Crímenes
el Infierno
Matadero
LAS
LINCHAR.
LINCHAR.
PRESAS
PRESAS!
XECRAB
RO DE OD

# Capítulo 11
# VÁRIAS PERSPECTIVAS

# 1

María del Carmen Régulez diz sobre aquele dia que, depois do almoço, a Caveira disse a ela e a outras três mulheres:

— Saiam para passear, dar uma volta, se sobrar tempo vão ao mercado e fiquem um pouco olhando as verduras. Não voltem para esta casa antes das cinco da tarde.

Deu um peso para cada uma para que comessem. As mulheres estranharam a ordem, mas a obedeceram. As quatro foram caminhando pela rua Cuauhtémoc e passaram por uma mecânica onde trabalhavam três rapazes que as conheciam, que ao vê-las passar a seguiram "dizendo grosserias". Elas saíram da cidade e foram rumo ao arroio, onde os rapazes as alcançaram e "abusaram delas" atrás de uns juncos. Depois de comer no mercado, deram voltas na Praça até que dessem as cinco.

Quando voltaram ao Cassino do Danzón, entraram na cozinha com intenção de avisar à Caveira que haviam voltado. Não havia ninguém na cozinha, nem rastros de comida, o lume não estava aceso, não havia carvão no fornilho.

María del Carmen saiu para o quintal para tirar uma roupa que havia deixado pendurada no varal. Notou que a artesa de Blanca não estava embaixo do limoeiro, mas junto à porta fechada do cabaré.

Quando voltou à cozinha encontrou as outras mulheres que também haviam ido para a rua e estavam voltando — naquele dia, saíram onze mulheres para a rua, coisa que ocorria muito raramente.

Diz que quando subiu para o seu quarto ouviu vozes no quarto de Blanca, que sentiu curiosidade, mas que não se atreveu a entrar por parecer que entre as vozes se ouviam as das patroas. Ficou um pouco em seu quarto, depois escutou ruído no corredor, entreabriu a porta e viu pela fresta Arcángela e a Caveira caminhando para as escadas. Escutou que Arcángela dizia:

— Você teve culpa.

Aquela noite não houve jantar, somente chá de folhas de laranjeira. Várias mulheres perguntaram para Feliza o que estava acontecendo, mas ela não quis lhes dizer. Correu o rumor de que Blanca havia piorado. Quando subiu para o seu quarto — diz María del Carmen — notou que a artesa já não estava junto à porta do cabaré.

Diz que dormiu um pouco, mas a fome a despertou. Escutou ruído de vozes e passos. Quis se levantar para ver o que estava acontecendo, mas antes de fazê-lo dormiu profundamente outra vez.

Pela manhã, María del Carmen acordou cedo — outra vez com fome — e desceu para a cozinha. A Caveira havia acendido o lume e estava dando de comer para Ticho um café da manhã de torresmo com molho verde. María del Carmen perguntou se Blanca havia ficado mais doente e a Caveira respondeu:

— Tão doente que tivemos que levá-la para o hospital de novo.

Diz María del Carmen que durante uns dias acreditou ser verdade o que a Caveira havia lhe dito.

## 2

Diz Ticho, se referindo aos acontecimentos ocorridos no dia e na noite anteriores, que depois de amarrar as pernas das mesas e de colocar estas onde a Caveira ordenou, pediu permissão a ela para ir trabalhar. (Desde o fechamento do México Lindo, as Baladro não pagavam o salário de Ticho, de modo que tinha que fazer uns bicos como carregador.)

Conta que foi ao armazém dos irmãos Barajas e ficou carregando caixas de tomate, sacos de pimenta seca e sacas de batatas, de quartos que tinham goteiras para outros que estavam secos, que suspendeu o trabalho às duas da tarde para cruzar a rua até o mercado e comer um taco de tripa, que voltou ao armazém e que ficou carregando volumes até as oito da noite, hora em que o encarregado se deu por satisfeito e lhe entregou os vinte pesos que lhe havia prometido.

Diz que ao voltar ao Cassino do Danzón não encontrou ninguém a quem pudesse avisar do seu regresso — ou seja, as Baladro ou a Caveira —, que entrou na cozinha, viu que não havia comida e entrou na despensa onde ficava o carvão, que é onde ele morava. Jogou-se sobre o catre e dormiu.

Diz:

Não sei dizer que horas eram quando acordei. A Caveira estava na entrada da despensa com uma lamparina de petróleo na mão. Disse a ela "Caveirinha" e comecei a levantar as anáguas. Mas ela não quis. Só me disse "vem" e saiu. Achei que ia me dar de comer e fui atrás dela, mas em vez de me levar para a cozinha me levou para o pátio, parou ali e me disse:

— Vá até o armário e traz a pá e a picareta. Quando a Caveira viu que eu estava trazendo as ferramentas nas mãos, começou a caminhar e eu a segui. Só tinha a luz da lamparina; não conseguia ver além das anáguas da Caveira. Chegamos do outro lado do quintal (o ângulo noroeste) onde ela colocou a lamparina no chão e me disse:

— Quero que faça um trabalho caladinho. (Ordenou-lhe que cavasse um buraco retangular de dois passos de cumprimento por um de largura e com uma profundidade que Ticho, parado dentro, tivesse os sovacos à altura da superfície. Depois de dar estas indicações, a Caveira voltou para a casa. Ticho cavou com facilidade na terra macia do quintal, mas quando o picareta começou a bater contra o *tepetate*[19], Arcángela e a Caveira saíram da casa e ordenaram que suspendesse o trabalho.) O buraco não tinha nem um metro de profundidade. Segue Ticho:

A senhora Arcángela disse:

— Deixa como está. É pior se acordar os vizinhos.

A Caveira me levou para a cozinha, me fez um ovo frito e me deu uma xícara de chá de folhas de laranjeira, no qual co-

19 TEPETATE: Termo usado sobretudo no México para se referir a um tipo de solo endurecido, geralmente encontrado em regiões vulcânicas. A palavra deriva do nahuatl "tepetlatl".

locou um chorinho de álcool. Eu voltei a dizer "Caveirinha" e ela voltou a não querer, então voltei para a despensa e dormi novamente.

Acordei quando estava clareando. A Caveira estava na porta da despensa com a lamparina de petróleo na mão. Disse "Caveirinha" outra vez e ela voltou a se livrar e a dizer "venha".

Fomos até o outro lado do quintal. Percebi que alguém havia jogado terra no buraco que eu havia feito, coberto pela metade.

— Quero que termine de tapar esse buraco — a Caveira me disse — e que aplaine a terra com o tronco de algarobeira. Se sobrar um pouco de terra, escute bem, quero que a espalhe com a pá pelo quintal, de maneira que ninguém se dê conta que aqui houve um buraco.

Fiz o trabalho tal como me ordenaram. Quando a Caveira viu que o buraco estava tapado, a terra aplainada e as sobras espalhadas pelo quintal, era de dia. Levou-me para a cozinha e me deu um almoço de torresmo que ela tinha acabado de fritar. Quando estava comendo aquilo, entrou na cozinha uma menina e perguntou para a Caveira como a Blanca estava. A Caveira contestou que havia ficado tão doente que haviam tido que levá-la de novo para o hospital. Foi então que compreendi o que estive fazendo a noite inteira.

## 3

Diz o capitão Bedoya:

Tenho presente o 17 de julho, porque foi um dia muito atravancado. O major Marín, que trazia o pagamento, se atrasou dois dias e chegou ao quartel de Concepción de Ruiz na mesma hora que o caminhão de forragem, que deveria ter chegado no dia vinte. (Explica que se atrasou a manobra de descarga porque, de acordo com a regulamentação, o destacamento tem que formar um quadro e passar revista antes de receber o pagamento.) Saí do quartel só a tempo para chegar correndo na agência de telégrafos antes que fechassem os envios. (O capitão Bedoya comprou um vale de cinquenta pesos em nome da menina Carmelita Bedoya — sua filha — e o acompanhou de uma mensagem que diz "RECEBA FELICITAÇÕES DO PAPAIZINHO ANIVERSÁRIO". Está endereçado a uma rua em Atzcapozalco. O capitão Bedoya não enviou nem vale nem mensagem para sua esposa, que também se chama Carmen. Note-se que o capitão, que tinha dinheiro no banco, preferiu esperar que chegasse o major Marín com o pagamento da quinzena e enviar o presente de sua filha com um dia de atraso.) Da agência de telégrafos — segue Bedoya — fui até a casa da Serafina.

Encontrei-a na sala de jantar, trêmula e transtornada. Perguntei o que estava acontecendo e ela me disse que tinha tido um dia agitado porque Blanca havia ficado muito mal. Percebi que estava tão nervosa que me despedi dela, jantei no hotel Gómez e passei a noite no quartel. No dia seguinte, Serafina me disse que tiveram que levar a Blanca para o hospital.

— Espero que seja o Civil — eu disse.

O capitão Bedoya sempre achou que era uma loucura que as Baladro gastassem dinheiro com Blanca. Quando a internaram no hospital do doutor Meneses, várias testemunhas escutaram o capitão comentar o seguinte:

— É jogar dinheiro fora. É possível que essa mulher volte a caminhar, mas a cara ninguém mais conserta, e de que serve uma puta que dá medo?

Quando Blanca foi levada para o Cassino do Danzón já doente, Serafina preferiu não dizer nada para o capitão, até que este saiu um dia para o quintal e encontrou a paralítica deitada na artesa, embaixo do limoeiro.

— O que é isto? — dizem que perguntou a várias mulheres que estavam ali perto.

Elas lhe disseram que era Blanca. Então o capitão disse:

— Esta mulher já não serve. O que deveria fazer é chamar o Ticho para que leve ela na noite que for levar o lixo e deixe ela ali, para que os cachorros comam.

(Estes comentários do capitão foram possivelmente o motivo por que Serafina preferisse não revelar a verdadeira sorte de Blanca.)

Diz o capitão:

Uma noite no começo de agosto, quando estávamos na cama, já no escuro, Serafina me disse que estava perdendo a esperança de poder reabrir o negócio. Fiquei feliz que começasse a enxergar a razão, porque eu havia perdido essa esperança havia muito tempo. Mas não me ocorreu perguntar a ela o que lhe fazia pensar assim.

Na manhã seguinte acordei de bom humor, vesti os calções e a camisa guayabera e saí para o corredor para respirar o ar fresco da manhã. Era um dia sem nuvens, como se fosse de tempo de secas. Por isso olhei para o céu e vi osabutres. Eram dois e voavam em círculos, ao redor de um ponto que parecia estar sobre minha cabeça.

Juro que sou ateu, mas senti uma sensação tão feia que fiz o sinal da cruz.

# 4

Fragmento da acareação entre Aurora Bautista e Eustiquio Natera, codinome Ticho:

Aurora Bautista: Não é verdade que um dia você estava entrando em casa com um saco de carvão nas costas quando dona Arcángela te disse, "corta um galho de palo santo e vai espantar esses animais que andam no quintal, não é verdade que te disse isso?

Ticho: Não recordo a ocasião.

Aurora Bautista: Também não lembra que você foi para a mata e cortou um galho grandinho e foi com ele onde estavam os abutres e os espantou e eles voejaram e voltaram a parar no chão?

Ticho: Ao longo dos meus anos já espantei abutres várias vezes. Não sei a qual delas você está se referindo.

Aurora Bautista: A vez que dona Serafina se desesperou, tirou a pistola, entregou para você e te disse, "mate eles a tiros", e então a senhora Arcángela saiu no corredor e disse a vocês, "o que vocês estão querendo, assustar a vizinhança?" Já não lembra?

Ticho: Acho que não era eu que estava lá.

Aurora Bautista: Também não era você que estava na cozinha com a Caveira, Luz María e comigo, quando entrou o capitão Bedoya para pedir um copo de água, e depois de bebê-lo disse, "não sei de onde vem esse fedor", e a Caveira respondeu, "do cachorro que morreu na casa ao lado"? Não era você que estava ali sentado, comendo tortilha?

(Ticho responde com evasivas a esta e às perguntas seguintes de Aurora Bautista:)

Não é verdade que uma tarde você chegou com uma caixa redondinha e a dona Arcángela perguntou, "quanto custou a gasolina"?

Não lembra de que nessa noite você pegou a pá e a picareta e ficou cavando no quintal?

... e que mais tarde da noite você acendeu uma fogueira que durou muito tempo e no dia seguinte o ar amanheceu pestilento?

Ticho: Acho que você viu em sonho as coisas que está dizendo. Nunca aconteceu.

## Capítulo 12

# O QUATORZE DE SETEMBRO

# 1

Em quatorze de setembro de 1963 as irmãs Baladro se reuniram com o senhor Sirenio Pantoja — proprietário de casas de prostituição de Jaloste — com o objetivo de tratar da venda das últimas quinze mulheres que restaram. Esta decisão da parte delas indica que haviam perdido toda esperança de voltar a abrir um negócio.

A reunião foi levada a cabo em uma sorveteria em Pedrones chamada A Sibéria, às onze da manhã. As Baladro tinham a obsessão de que dom Sirenio não suspeitasse que estavam vivendo no Cassino do Danzón — o trato anterior, no qual venderam para o mesmo senhor onze mulheres, foi realizado em um banco na praça de Pedrones — sem levar em conta que provavelmente as mulheres que foram vendidas sabiam este segredo.

Segundo parece, na segunda ocasião dom Sirenio quis obter condições mais favoráveis — eram elas as que o haviam procurado para propor o negócio e não ele a elas, como havia ocorrido na primeira vez. Alegou ter tido fortes gastos recentemente e ofereceu trezentos pesos por cada mulher. As Baladro recusaram a oferta e fizeram gestos de que iriam se retirar ofendidas. Dom Sirenio ofereceu quatrocentos. As Baladro ficaram na sorveteria, regateando. Quando dom Sirenio ofereceu seiscentos e elas estavam de acordo com a venda já haviam perdido a manhã, com as consequências que se verá mais adiante.

# 2

A sacada que há no cabaré do Cassino do Danzón não aparece no projeto original que o arquiteto fez, rompe a ilusão que o resto da decoração pretende produzir no espectador — a de estar no fundo do mar — e provocou, dizem, protestos apaixonados do jovem decorador que havia assessorado as Baladro na construção do bordel. Apesar de tantos defeitos, ali está a sacada.

Foi ideia de Serafina, que em sua viagem para Acapulco viu da rua, e nunca se esqueceu, um trio de cantores que, acompanhados por violões, cantavam em uma sacada, enquanto uns turistas comiam em um pátio. Ocorreu-lhe que em uma noite de gala — ou seja, quando chegava algum político ou personagem importante com seus amigos e fazia que se fechasse o local ao público — teria sido bonito contratar um trio, e que quando menos esperavam os que estavam na parte de baixo, se abrisse a sacada, aparecessem os cantores e cantassem "Las Mañanitas"[20] ao que pagava a conta.

A sacada foi construída, mas os cantores nunca subiram nela. Serviu para que nela aparecessem Arcángela e o bacharel Canales no dia da inauguração, quando este deu o grito que lhe custou o trabalho, serviu para que Arcángela e Serafina vissem como se realizava a cura de Blanca e também serviu para o que se verá na continuação.

Convém advertir que o gradil de ferro que havia na sacada nunca ficou firme. O ferreiro que o fabricou advertiu ao mestre de obras que o gradil estava mal colocado; o mestre de obras, depois de se assegurar que, de fato, o gradil estava mal colocado, ordenou a um pedreiro que o reforçasse, o pedreiro, por sua vez, prometeu reforçá-lo e nunca reforçou.

Meses depois, já terminada a obra, Arcángela comentou:

— É preciso consertar esse gradil, porque está solto. Se alguém se apoia aqui com força, vai soltá-lo e cai de cabeça no chão — que está quatro metros mais abaixo.

Depois deste comentário, ninguém voltou a se lembrar do gradil até o 14 de setembro.

---

20 LAS MAÑANITAS: Canção tradicional mexicana, tradicionalmente cantada nos aniversários.

# 3

Para chegar à sacada passa-se pelo corredor que dá para os quartos. As mulheres estavam no corredor quando começou a briga, dizem quem as viu.

A imagem é mais ou menos assim: há duas mulheres com as caras muito próximas uma da outra, frente a frente, cada uma está aferrada com ambas as mãos nos cabelos da outra. Estão com as feições distorcidas, os olhos às vezes fechados pela dor, às vezes desorbitados, a boca retorcida donde escorre uma baba espumosa, os vestidos desgrenhados e rasgados — por um decote aparecem os pedaços de um sutiã. Movem-se ao mesmo tempo, muito juntas, como se estivessem dançando: três passos para lá, dois para cá, de vez em quando um pisão, um pontapé na canela, um joelhaço na barriga. Os ruídos que as mulheres fazem são quase animalescos: gemidos, queixumes, resfolegar, de vez em quando uma palavra curta e inadequada — "puta", etc.

Quando a briga começou, as duas mulheres estavam sozinhas, mas durou tanto que todas as que viviam na casa se deram conta que algo estranho estava acontecendo e foram se aproximando do corredor para ver o espetáculo. (Nessa hora a Caveira está no mercado.)

Treze mulheres contemplam as duas se desgrenharem sem que nenhuma intervenha para separá-las. Isto acontece porque as duas que estão lutando são "amigas de alma", ou seja, são amantes, e as outras consideram que sua briga é assunto privado no qual a comunidade não deve intervir. A isto se deve o fato de que durante um tempo as mulheres tenham assistido em silêncio e com interesse a luta aguerrida, mas parelha — um empurrão para cá, um solavanco para lá —, acreditando que estava destinada a terminar com o esgotamento das combatentes. O final da briga teria sido incruento se as Baladro, que estavam neste momento no lado de fora da casa, descendo do carro do Escada, tivessem se apressado: teriam estado ali a tempo para dar um grito e estabelecer as pazes. Ou melhor, se as que estavam peleando não tivessem tido a má sorte de se aproximar da sacada, de uma dar na outra um empurrão muito forte, da outra bater no gradil com as nádegas, do gradil se desprender e de se precipitarem as duas, ainda agarradas pelos cabelos, de cabeça até o chão. Seus crânios se estatelaram contra o cimento e quebraram feito ovos. Nesse momento terminaram suas vidas. Chamavam-se Evelia e Feliza.

## 4

As Baladro haviam entrado pela porta da casa da senhora Benavides, estavam cruzando o buraco que unia as duas casas e entrando em sua sala de jantar quando ouviram passos, tropeços, gemidos. Arcángela estava a ponto de perguntar "o que está acontecendo?" quando ouviu, primeiro uma batida sonora — nádega contra o gradil —, depois um rangido — o gradil se solta —, batida reverberante — gradil contra o piso —, batida seca — cabeças contra o cimento. É possível que alguma das que viram o acidente ocorrer tenham gritado, que uma ou várias mulheres tenham descido correndo pela escada, mas a morte sempre acaba por impor seu silêncio nos que a contemplam.

Podemos supor, então, que quando as Baladro abriram a porta que dá da casa para o cabaré, tudo estava em silêncio. Entraram em um recinto cheio de pó calcário e foram distinguindo, primeiros os ferros distorcidos, depois as mortas, e, por último, ao levantarem o olhar, na ponta da sacada sem gradil, cinco, seis ou mais mulheres que olhavam para baixo.

Podemos passar por alto os equívocos — quem as empurrou? —, as recriminações — vocês tiveram a culpa, por não separá-las —, etc. As Baladro acabaram entendendo que toda a responsabilidade era das vítimas. Descobriram também, em um dos cadáveres, o motivo possível da briga: os dentes de ouro de Blanca. Evelia tinha os dentes de ouro de Blanca no sutiã: a única parte de sua roupa onde se podia guardar algo, porque usava vestidos decotados de uma peça só, sem mangas e sem bolso.

A história dos dentes de ouro de Blanca é a seguinte: Arcángela tentou tirá-los de sua dona quando esta estava doente, sem conseguir: quando Blanca morreu, Arcángela tinha tantas preocupações que se esqueceu de tirar os dentes da morta: por sua vez, quando houve necessidade de desenterrar o cadáver para queimá-lo, Arcángela se lembrou dos dentes e decidiu recuperá-los. Foi então que ela descobriu que haviam desaparecido.

Não disse nada, mas passou semanas cavilando. Uma das mulheres que viviam na casa havia roubado os dentes de Blanca. Ela — Arcángela —, Serafina, Ticho e a Caveira estavam acima de toda suspeita — porque assim Arcángela queria pensar —; por conseguinte, a culpada tinha que ser alguma das quatro mulheres que haviam tomado parte na cura e depois no enterro. Ao chegar a este ponto de raciocínio, a mente se ofuscava, por isso não havia podido resolver o mistério: a culpada não só estava abrigada sob o teto que ela e sua irmã haviam mandado construir com seu dinheiro, mas também estava comendo tortilhas que ela e sua irmã compravam. E havia roubado os dentes de ouro, que a elas pertenciam por direito, como justa compensação por todos os sacrifícios — e gastos tremendos — que haviam tido que fazer quando Blanca ficou doente.

Esse mistério foi esclarecido naquele 14 de setembro. Os dentes despontados pela metade no sutiã de Evelia já morta. Arcángela, quando andava entre os escombros, os viu, os recolheu, os guardou em seu bolso e os vendeu a um joalheiro de Pedrones quinze dias depois por quinhentos pesos. A culpada, ao ser descoberta, não só devolveu o roubado como também já fora punida.

# 5

O desenlace abrupto deixa uma parte da história em segredo. Só é possível fazer suposições. As relações entre Evelia e Feliza duraram dez anos, dizem suas companheiras. Foram amantes constantes e tranquilas, postas como exemplo e invejadas por algumas das outras empregadas. Segundo as descrições, cumpriam fielmente com suas obrigações no bordel, mas viviam como marido e mulher — Feliza levava o prato para Evelia na mesa e remendava sua roupa, Evelia guardava o dinheiro que Feliza ganhava. Depois de dez anos vivendo em perfeita harmonia, sem terem dado sinais de discrepância — no varal estava pendurado o saiote de Evelia que Feliza havia lavado —, acabaram se matando.

A explicação do desenlace devemos talvez buscar nos dentes de ouro de Blanca.

Anos antes, quando Blanca inventou o show de variedade no qual tinham que participar três mulheres, escolheu Evelia e Feliza como companheiras de atuação. Parece que entre as três se estabeleceu uma relação que durou mais do que o show de variedades e mais do que a saúde de Blanca. Evelia e Feliza visitaram Blanca no hospital do doutor Meneses, ajudaram o Escada a subi-la no carro, depois que Serafina assinou os papéis que davam alta para a doente no Hospital Civil de San Pedro de las Corrientes, eram elas também as que desciam carregando a Blanca de seu quarto todas as manhãs, para colocá-la na artesa que estava embaixo do limoeiro, e as que subiam carregando-a nas tardes até seu quarto mais uma vez; elas quiseram tomar parte na cura — Feliza foi quem tentou dar Coca-Cola de beber para a doente, para reanimá-la. Evelia foi quem foi buscar a manta.

Hipótese: uma das duas, Evelia ou Feliza, tirou os dentes da morta quando estava morta, em um momento em que ficou sozinha com ela, não disse nada para ninguém e três meses depois a que não sabia de nada encontrou os dentes em poder de sua amiga, considerou o roubo e o segredo como uma traição e agarrou a outra pelos cabelos.

Outra hipótese: como Blanca estava muito doente e segura de que Arcángela ia tirar-lhe os dentes, preferiu cedê-los em vida à amiga que mais amava — Evelia ou Feliza —, e quando a outra soube quem era a preferida, teve um ataque de ciúmes com as consequências já sabidas.

Pode ter sido assim.

## 6

Agora é preciso voltar ao momento em que Arcángela e Serafina, depois de terem aberto a porta, entrado no cabaré e distinguido entre a nuvem de pó as mortas, o gradil retorcido, os dentes de ouro de Blanca, etc., levantam o olhar e veem na margem da sacada sem gradil as cinco, seis, sete... até chegar a treze, rostos de mulheres que olham para baixo.

Nesse instante, sem que nenhuma das afetadas se dê conta, as relações entre as donas da casa e suas empregadas se modificam radicalmente. As mulheres que estão paradas na beira da sacada são testemunhas de que ali embaixo há duas mortas e do que mais tarde se fará com os cadáveres. As Baladro são as donas da casa, as diretoras da comunidade e, por conseguinte, as responsáveis do que ocorre nela.

Aparentemente, tudo se simplifica. Não há necessidade, por exemplo, de fazer o enterro à meia-noite, procurando não fazer barulho para não despertar as adormecidas. Às seis da tarde, quando Ticho volta de um trabalho — de carregar sacos de cimento —, a Caveira o conduz ao canto do quintal, a poucos metros do túmulo de Blanca, e lhe ordena que cave uma cova dupla, de um metro e oitenta de fundura, sem se importar que a picareta e o pé de cabra façam barulho ao bater contra o solo tepetate. Ticho obedece e às doze da noite Evelia e Feliza estão enterradas.

Nessa noite, devido a um assunto relacionado com o serviço, o capitão Bedoya não visitou Serafina, nem no 15 de setembro, por ser véspera do desfile e por estar a tropa aquartelada. Na noite do 16, o capitão chegou à casa mortificado: o cavalo tordilho havia empinado quando o desfile ia em plena avenida Juárez, de Pedrones, e quase o desmontara. Sentia que havia passado ridículo perante os soldados em seu comando e diante de centenas de espectadores. O sabre havia caído no chão, um menino o havia recolhido e o entregara para ele, fazendo-o sentir-se ainda mais humilhado.

— Quero beber para esquecer minha vergonha — havia dito para si mesmo o capitão quando caminhava cabisbaixo, com as mãos nos bolsos, para a rua Independencia.

Nesse estado de ânimo, Serafina deu-lhe a notícia de que Evelia e Feliza haviam falecido e estavam no quintal. (Serafina, que nunca havia revelado a Bedoya o que havia acontecido com Blanca, havia sentido remorso ao vê-lo tão ignorante, perguntando o que será que fedia a morto.) Serafina começou a conversa dizendo:

— Vou te contar uma coisa, porque não quero que haja segredos entre você e eu, etc.

Quando a notícia foi dada, o capitão respondeu:

— Muito bem. Agora só falta que morram as outras treze para enterrá-las no quintal.

Meses depois, perante o juízo, o capitão declarou que esta frase foi dita de brincadeira,.e o juiz não acreditou.

Em 18 de setembro, Serafina ligou para dom Sirenio Pantoja e lhe disse, "com muita pena", que sua irmã havia mudado de opinião e decidido não vender as mulheres como havia ficado acordado. Dom Sirenio diz que pelo tom de voz Serafina ele compreendeu que era inútil fazer uma oferta melhor. Pensou que haviam vendido para outro comprador ou estavam decididas a não vender por preço nenhum.

# Capítulo 13
# A LEI MARCIAL

# 1

Todo ano, no 24 de setembro, uma das mulheres, María del Carmen Régulez, tinha o costume de visitar sua mãe que se chamava Mercedes.

Na antevéspera desta data, María del Carmen pedia a Serafina permissão para não trabalhar na noite do 24 e pedia dinheiro para Arcángela, fosse do que ela havia "guardado" ou, quando estava com o saldo muito baixo, emprestado. Diz María del Carmen que nunca, até o último ano, havia tido dificuldade: Serafina sempre lhe dava permissão e Arcángela lhe entregava o dinheiro. No dia 23 María del Carmen saía do bordel para o mercado, comprava um buquê de flores, de preferência gladíolos, que chegavam sempre murchos aos braços abertos da festejada, e um tecido para vestido, ou uma mantilha ou uns sapatos. No dia seguinte a jornada começava ao raiar do dia, porque María del Carmen tinha que pegar três ônibus para chegar ao rancho onde vivia a sua família. Descia do terceiro destes em uma colina desmatada e caminhava por uma vereda pouco visível até chegar a uma árvore de pitaia. Dalí se via as casas e o cactos nopal.

Todo ano os cães estranhavam María del Carmen, todo ano a mãe e as cunhadas saíam da cozinha para acalmá-los, todo ano ao se ver outra vez junto com as mulheres elas choravam, todo ano entravam na cozinha, se sentavam ao redor do braseiro e falavam — alguém tinha morrido, tinha nascido uma criança, haviam perdido a colheita. Os homens voltavam do campo no meio da tarde, a família se sentava para comer, María del Carmen ajudava a servir a mesa. Só a mãe sabia o ofício de sua filha — como tinha sido ela que a vendera —, o resto da família acreditava que era empregada. De noite tomavam chá de folhas de laranjeira com álcool e se embebedavam.

No dia seguinte, nos primeiros raios de sol, María del Carmen voltava para o bordel.

Naquele ano, no 22 de setembro, María del Carmen pediu permissão a Serafina para ir ao rancho e Serafina, pela primeira vez, negou.

— Minha irmã — disse — decidiu que só podem sair pra rua as que vão com a Caveira no mercado comprar a comida.

Não explicou o motivo da proibição, nem disse quanto tempo ia durar sua vigência. María del Carmen não se atreveu a perguntar nenhuma das duas coisas, porque, como todas as empregadas das irmãs Baladro, tinha medo das patroas. Pelo contrário, comentou com suas companheiras que Serafina lhe havia proibido de ir ao rancho e que lhe havia dito que somente as duas mulheres que iam com a Caveira ao mercado — que sempre eram as mesmas — poderiam sair para a rua. Estas conversas, repetidas muitas vezes na indolência do bordel fechado, fizeram com que as onze mulheres que haviam sido excluídas do privilégio se sentissem cativas e, o que é mais importante, unidas.

## 2

Rosa X e Marta X eram as duas mulheres que saíam da casa, acompanhando a Caveira, para comprar a comida. Rosa aparece no Censo Antivenéreo de San Pedro de las Corrientes com os nomes sucessivos de Margarita Rosa, Rosa de las Nieves e María del Rosal. No bordel a chamavam somente de Rosa. Teve fama de obediente. Quando os bordéis estavam abertos — dizem os que a conheceram — era a primeira a descer de seu quarto e se apresentar perante a patroa — Serafina ou Arcángela, porque trabalhou com as duas — para que lhe passasse a revista. Se esta encontrava algum defeito — o esmalte das unhas se soltando, ou um coque preso no cabelo que não ia bem com a cor do vestido —, Rosa voltava de bom grado para o seu quarto — coisa que nenhuma outra fazia — e procurava corrigir aquilo. Nos bordéis fechados, Rosa se distinguiu por fazer trabalhos pesados, desagradáveis ou desnecessários, como lavar a superfície impregnada de panelas imundas ou carregar o cesto mais pesado do mercado.

A outra fama que Rosa tinha era de delatora — cagueta. Fama sustentada em dois incidentes: em uma ocasião, um cliente bêbado tirou o relógio de pulso e o colocou sobre a mesa, uma das mulheres que estavam sentadas com ele o pegou e guardou. A única pessoa que presenciou esta ação foi Rosa. Antes de terminar a noitada Arcángela interveio, obrigou a culpada a devolver o objeto e lhe impôs como castigo uma multa que a outra levou seis meses para pagar. Em outra ocasião, Carmelo X., que foi garçom da casa do Molino em uma época, inventou um sistema para fraudar Serafina: consistia em entregar a várias mulheres que eram cúmplices suas fichas de consumos imaginários, as mulheres entregavam as fichas para Serafina, cobravam sua comissão e davam uma parte desta para Carmelo. Este negócio particular durou até que Carmelo cometeu o erro de convidar Rosa para formar parte de sua organização. No dia seguinte, perdeu o emprego.

Fora o fato de ser obediente e cagueta, Rosa não tinha outras virtudes. Era descorada, tinha um catarro perpétuo — quando assoava os narizes, diz a Caveira, "parecia um clarim de ordens" — e uma expressão de mártir. Os homens que se aproximavam dela o faziam por estarem muito bêbados ou por não verem bem na luz enganosa do cabaré. Nas mesas, dizem as que a conheceram, seu tema de conversa predileto era o quão mal o destino lhe tratara — "a vida me bateu com força", dizia com frequência. Poucos eram os homens que se atreviam a subir para o quarto de Rosa e menos ainda os que estiveram nele duas vezes.

As Baladro suportaram Rosa por dez anos e meio, em parte por ser obediente, em parte por ser delatora, mas sobretudo porque não conseguiram se desfazer dela. Primeiro a passaram de uma para a outra, depois tentaram vendê-la várias vezes para um terceiro, mas os compradores, ao vê-la, a rechaçaram. Por fim, as Baladro se resignaram e a usavam para afugentar clientes incômodos ou insolventes.

Rosa, que fazia uma renda minúscula, acumulou em dez anos a maior dívida que aparece no livro de Arcángela — quarenta e cinco mil e quatrocentos pesos. É possível que, com a falta de lógica própria da ganância, Arcángela tenha tido a esperança de que Rosa se tornasse atrativa da noite para o dia e conseguisse pagar à família todo o dinheiro que devia.

## 3

A perdição de Rosa foi caminhar pelo corredor que dava para os quartos na hora em que não devia.

Aurora Bautista, uma das mulheres que vivia no Cassino do Danzón, ao conversar com María del Carmen e se inteirar que exceto pelas duas que saíam com a Caveira nenhuma outra ia poder sair à rua, decidiu escapar do bordel.

Expôs sua ideia para três de suas amigas e elas estiveram de acordo em acompanhá-la. Reuniram-se várias vezes no quarto de uma delas para fazer planos. Decidiram que a fuga tinha que ser feita de noite, por volta da onze, hora em que todos estavam dormindo, e às doze, hora em que saía o último ônibus que ia para Pedrones. Quanto a sair da casa, não podiam fazer por onde passavam as Baladro, porque precisariam da chave da sala de jantar, que sempre estava pendendo no peito de Serafina; saltar por um dos muros significava cair em um quintal alheio, entre cães desconhecidos; não restava então outra opção salvo usar uma escada de mão para chegar ao terraço do Cassino, passar dando um salto para a senhora Benavides, de onde podiam descer facilmente ao nível da rua, e sair pela porta, que ficava trancada por dentro.

Na casa havia uma escada de mão que ficava guardada na despensa onde Ticho dormia. Ticho tinha a fama de dormir um sono de pedra.

Na tarde em que as amigas entraram de acordo em escapar do bordel por meio de uma escada de mão, ouviram um ruído no corredor, como se tivesse alguém do lado de fora de onde estavam falando. As quatro mulheres ficaram caladas. Luz María, a dona do quarto, se levantou sigilosamente e abriu a porta. Viu que não havia ninguém imediatamente do lado de fora, mas que a uns metros, caminhando pelo corredor na direção na qual se encontrava, ia Rosa.

As mulheres ficaram sopesando por um tempo a possibilidade de que Rosa pudesse tê-las ouvido, mas chegaram à conclusão de que não era provável. Contudo, em vista deste incidente ambíguo, decidiram adiantar a partida e fugir naquela mesma noite.

Podemos imaginar a bagagem, as bolsas de palha, as caixas de papelão amarradas, etc., cada uma colocou o mais apreciado dentre seus pertences — o vestido alaranjado, o bolero de pelúcia, a bolsa com contas, os sapatos de verniz —, levando em conta, ao fazer a seleção, que seria necessário dar um salto e, possivelmente, pôr-se a correr pela rua. Dizem que com o dinheiro que reuniram entre as quatro dava para pagar a passagem para Pedrones e sobravam quarenta e cinco pesos, com os quais pensavam em seguir viajando, não sabiam em qual direção, mas sempre se afastando de Concepción de Ruiz.

Naquela noite, quando tudo estava calmo, as mulheres se reuniram no corredor, descalças, desceram as escadas e cruzaram o pátio. Uma delas, Luz María, confessa ter pegado uma pedra grande redonda, que tinha que segurar com ambas as mãos, com intenções de golpear Ticho na cabeça caso o visse acordar. Entraram na despensa, que não tem porta. Ticho não acordou, mas elas, às cegas, se deram conta que a escada de mão não estava onde sempre havia estado.

Saíram da despensa desconsertadas e se juntaram na cozinha que estava no escuro. Tiveram ali uma conversa em voz baixa. Chegaram à conclusão de que Rosa as delatara. Isto as enfureceu.

A cena seguinte deve ser assim: há uma mulher adormecida em uma cama grande, em um quarto escuro: abre-se a porta silenciosamente — desde que o bordel havia sido fechado, as Baladro tiraram as trancas dos quartos, de maneira que as mulheres não podiam se fechar —, na claridade do umbral vê-se passar várias silhuetas; a porta volta a se fechar.

Não se sabe se Rosa acordou quando as outras acenderam a luz, quando a descobriram ou quando começaram a golpeá-

-la. Nem sequer se sabe se as que a atacaram acenderam a luz ou se a golpearam no escuro. Tampouco se sabe se o medo fez Rosa emudecer, se as que atacavam lhe impediram de gritar ou se gritou com todas as suas forças e ninguém a ouviu.

— Deram uma tunda nela — diz a Caveira ao descrever esta vingança.

As feridas de Rosa foram causadas pelos saltos altos dos sapatos com que as outras bateram.

No dia seguinte, quando todas as mulheres, menos Rosa, almoçavam na cozinha, a Caveira subiu para o quarto desta para ver o que estava acontecendo. Ao se aproximar da porta ouviu o gemido. Rosa estava na cama, semiconsciente, coberta com uma manta. Não tinha feridas na cara, mas seu corpo, e especialmente as nádegas, estava cheio de hematomas e feridas que com o tempo e a má atenção supuraram e se tornaram feridas purulentas.

## 4

Rosa não soube — ou não quis — dizer quem a atacara. As Baladro, que haviam decidido castigar severamente aquela "desordem", não sabiam a quem atribuir o assalto — o que indica que Rosa não havia denunciado a fuga projetada e que a escada de mão não havia estado em seu lugar por casualidade — e não sabiam o que fazer para encontrar as culpadas.

A mulher que serviu naquele meio-dia a mesa das patroas afirma que foi o capitão Bedoya quem aconselhou estas na maneira de descobrir a identidade das responsáveis.

As mulheres o viram passear cabisbaixo pelo quintal, agachar-se de vez em quando, levantar uma pedra, sopesá-la, e colocar em um monte aquelas que eram redondas, nem muito leves nem muito pesadas. Depois andou examinando o chão da casa, até que deu com o do pátio interno, que lhe pareceu o mais apropriado para o que queria fazer. (O pátio interno está entre a despensa de carvão e a cozinha, é parte da construção antiga e tem um chão de pedras lascadas que foram postas de lado.)

As Baladro reuniram as mulheres no pátio interno e Arcángela disse:

— Digam quem bateu na Rosa.

Ninguém respondeu.

Arcángela ordenou que as mulheres ficassem de joelho no chão irregular e quando obedeceram, o capitão, que estava ali, explicou a elas como deveriam pôr os braços: estendidos, cruzados, com as palmas das mãos também estendidas, para cima. Quando todas estavam nesta postura, o capitão e a Caveira foram pondo uma pedra das que ele havia antes escolhido na palma de cada mão.

Arcángela deu uma varada em uma mulher que soltou a pedra. (Este foi o primeiro castigo corporal imposto no Cassino do Danzón. A vara com que bateu, bem como outras, o capitão havia cortado naquela tarde na mata de palo santo.) Em menos de quinze minutos, dizem, as culpadas confessaram, e se suspendeu o castigo das que não eram.

Aurora Bautista, Luz María, María del Carmen e Socorro foram conduzidas pela Caveira para o salão Bagdá, onde foram submetidas a outro castigo inventado também pelo capitão. Consistia em que, por turnos, cada uma das castigadas golpeava as outras três, até que as quatro ficassem tão machucadas que passaram vários dias sem conseguir se mexer.

(Nos vinte e três anos que o capitão Bedoya serviu o Exército, não se tem notícia que tenha imposto nenhum castigo corporal, nem os que serviram com ele, ou ao seu comando, recordam de tê-lo visto metido em nenhum ato de crueldade. Durante o julgamento, ao ser interrogado sobre sua participação na "penitência" e nos golpes que as mulheres se deram umas nas outras, o capitão reconheceu ter idealizado ambas as práticas e explicou:

— Considerei que aquelas mulheres eram culpadas de um ato de insubordinação e que era necessário descobrir quem eram e castigá-las de maneira exemplar.

— Você está satisfeito com a maneira que agiu nessa ocasião? — o juiz lhe perguntou. — Sim, senhor.

# 5

Ao invés de que os ânimos se acalmassem, no dia seguinte dos "castigos exemplares" ocorreu outro ato de insubordinação.

Foi assim: Marta Henríquez Dorantes, a outra mulher que tinha permissão para sair da casa acompanhando a Caveira ao mercado, estava no tanque esfregando sua roupa quando se deu conta que várias de suas companheiras haviam se aproximado e estavam ao seu redor, em silêncio, e sem fazer nada que justificasse sua presença naquele lugar.

Estava se dando conta destas circunstâncias quando as outras se lançaram sobre ela. Como eram quatro a dominaram facilmente. Tombaram-na no chão, amordaçaram-na e a amarraram com a roupa úmida que acabava de lavar, a fizeram se levantar e estiveram a ponto de dar-lhe uma morte estranha. Em um canto do quintal havia um banheiro antigo que estava em desuso já havia muitos anos. As mulheres levaram Marta arrastada até esta construção, tiraram as tábuas do vaso e tentaram enfiá-la no buraco. (Pelas descrições deste fato se deduz que aquelas que atacavam tinham a intenção de enterrar a vítima viva.) Sua gordura a salvou. Marta é uma mulher de ossatura muito larga e por mais esforços que as outras fizessem, não conseguiram fazê-la passar pelo orifício. Estavam forcejando quando a Caveira chegou.

Nesta ocasião não houve castigo, mas separação. As Baladro decidiram que as quatro mulheres que haviam atacado Marta fossem levadas para o rancho Los Ángeles e fechadas no celeiro, enquanto as quatro que haviam atacado Rosa fossem fechadas cada uma em seu quarto, com um cadeado na porta.

Por considerar que quatro mulheres isoladas justificam montar guarda nas noites, o capitão Bedoya fez com que a partir do dia seguinte um soldado de confiança — o Valente Nicolás — ficasse no Cassino do Danzón, armado, e estivesse às ordens das Baladro, no caso de que algo acontecesse.

# Capítulo 14

## O QUE TEÓFILO FEZ

# 1

Teófilo Pinto, o marido de Eulalia Baladro, é um homem taciturno, com a expressão funérea de quem "trabalhou a vida honradamente e sem descanso, para perder três vezes tudo o que tinha e acabar na prisão".

Ao explicar sua atuação, diz:

Como negócio, o rancho Los Ángeles foi um fracasso. Minhas cunhadas tiveram a culpa, porque não me entregaram o dinheiro que haviam prometido. Tinham dito que iam abrir no banco uma conta no meu nome e depositar nela quinze mil pesos, para que eu fosse sacando conforme fosse necessário e gastando no que considerasse prudente. Você viu a conta? Viu os quinze mil pesos? Eu também não.

Mandavam o Ticho todo sábado, com o dinheiro certinho para pagar os custos. Se havia um gasto imprevisto, eu tinha que bancar com o meu dinheiro e depois tinha que mandar recado pelo Ticho para que me devolvessem.

A situação estava ruim, mas piorou lá por meados de outubro. Chegou o sábado e chegou o meio-dia e Ticho não apareceu. Eu e os peões sentamos na ponta do cano de irrigação e ficamos olhando a estrada, vendo os ônibus passarem, sem que nenhum parasse e descesse o Ticho com o envelope com dinheiro. Quando o sol estava se pondo não aguentei a vergonha. Fui até em casa, peguei o dinheiro de uma caixa que Eulalia tinha guardado para um caso de doença, voltei onde os peões estavam e entreguei dez pesos para cada um.

— Tenham paciência, rapazes — disse a eles. Na segunda-feira pagarei o que falta.

Eles foram embora com a cabeça baixa, já quase de noite, guardando os dez pesos.

Esperei o domingo inteiro por notícias das minhas cunhadas, mas não tive nem sinal delas. Eu queria falar com elas e contar o que estava se passando e que aquilo não podia seguir assim, mas elas nunca quiseram me dizer onde moravam.

Na segunda-feira os peões voltaram e ficaram trabalhando até o meio-dia, mas ao chegar nessa hora e ao verem que o Ticho não aparecia com o dinheiro, suspenderam o trabalho e foram embora. Voltaram na terça-feira e na quarta-feira para cobrar, e como não pude pagar, nessa noite fizeram uma travessura.

Eu havia colocado quatorze lâminas estendidas sobre o cano de irrigação, para evitar que a água transbordasse e inundasse a passagem. Pois bem, os peões, ao perderem a esperança de cobrarem seu pagamento, voltaram na noite de quarta-feira, quando minha esposa e eu estávamos dormindo e levaram as lâminas.

No dia seguinte eu levantei, olhei pela janela e a primeira coisa que vi foi o espelho d'água brilhando sobre a passagem. Não me custou muito trabalho imaginar quem era o culpado pelo estrago: é preciso de alguma intenção para chegar a um lugar tão afastado e levar embora quatorze lâminas.

Acho também que os peões fizeram alguma coisa com o trator, porque nesse dia, na quinta-feira, parou na metade do barbechar e por mais que tentasse não consegui fazer ele voltar a andar.

Voltei para casa desesperado.

— Me dá vontade — eu disse para minha esposa — de fazer as malas, ficarmos eu e você com elas na beira da estrada, subirmos no primeiro ônibus que passar e viajar para onde ele nos levar, para não voltar a saber nem deste rancho nem das tuas irmãs.

Era isso que devíamos ter feito, e não fizemos.

Eulalia não queria ofender suas irmãs e eu não insisti, porque tinha a esperança de que minhas cunhadas pagassem o dinheiro que me deviam. Além disso, queria ver nascer o trigo que estava semeando.

Na segunda-feira seguinte estávamos na cozinha comendo quando ouvimos um carro que buzinava como se estivesse pedindo auxílio. Saímos pela porta e dali vimos ele: era o carro azul em que minhas cunhadas sempre viajam que havia atolado no lodaçal do caminho. Estava cheio de gente. Tive que carregar pedras e colocá-las no lodo para que Arcángela pudesse descer do carro sem embarrar os sapatos. Quando ela chegou em terreno firme eu reclamei com ela por não ter mandado o dinheiro dos custos no sábado e disse a ela que os peões tinham ido embora. Ela me interrompeu.

— Espere, que o que vou te dizer é mais sério.

Fez com que eu caminhasse com ela uns passos, até que sentiu que os que estavam no carro não podiam nos ouvir. Então me disse estas palavras:

— Ali no carro tem quatro meninas que se comportaram muito mal: preciso afastá-las das outras para que não venham com más ideias. Vou deixá-las aqui por uns dias, enquanto sossegam.

Então me dei conta de que no banco traseiro do carro havia quatro mulheres que me olhavam de forma muito estranha. Estavam assustadas.

Arcángela me deu vários conselhos:

— Mantenha elas fechadas. Dê de comer o que quiser. Se vê que alguma delas quer escapar, pega a carabina e mete um tiro.

## 2

O celeiro do rancho Los Ángeles é um quarto alargado, com piso de cimento, paredes de tabique sem reboco e teto de concreto. A luz é pouca e entra por uma claraboia que está em cima da porta, a qual é de algarobeira e se fecha por fora com aldrava e cadeado. A claraboia tem uma cruz de ferro, entre cujos braços não passa uma pessoa.

Ao preparar o celeiro para que nele vivessem as quatro mulheres, Teófilo tirou dele tudo o que tivesse facilitado a fuga — uma corda, um banco, uma escada —, ou servido de arma — uma semeadeira manual, uma banqueta, uma pá. Não deixou lá dentro nada além de umas espigas de milho e um montinho de palha.

Teófilo entregou às mulheres vários colchonetes que elas colocaram no chão. Elas traziam umas cobertinhas, mas passaram frio, porque não tinha jeito de fechar a claraboia e porque foi um mês de novembro muito rigoroso — caíram quatro geadas. As quatro mulheres se resfriaram e ao fim de vários dias se recuperaram.

Uma das partes obscuras desta história é que duas pessoas tão orgulhosas de sua honra como o casal Pinto tenham concordado em servir de carcereiros, sem opor a menor resistência. A explicação parcial deste enigma pode estar no cheque de dois mil pesos, emitido da conta de Arcángela Baladro, que Teófilo sacou em dinheiro no Banco de Abajo, em Pedrones, no dia 3 de novembro. A partir desta data, não há referência de que Teófilo tenha contratado novos peões. Uma boa parte do terreno já arado ficou sem ser semeado. As únicas atividades agrícolas que foram levadas a cabo foram realizadas por Ticho — a quem as Baladro ordenaram que ao invés de ir trabalhar no armazém, carregando sacos, fosse de manhã para o rancho "para ver o que podia fazer". Foi ele que colheu as espigas de milho que estavam maduras, colocou-as em sacas e carregou-as para a casa, e era ele quem calçava as galochas, pegava a pá e passava o dia inteiro entre o lodo, regando o trigo que estava semeado. Teófilo, enquanto isso, ficou obcecado em fazer o trator funcionar e passava horas dando voltas no maquinário sem conseguir nada além de falsas ignições.

As quatro mulheres viveram três semanas no celeiro, durante as quais, parece, não sofreram maus-tratos nem de Teófilo nem de Eulalia. Sua vida era assim: pela manhã, bem cedo, Teófilo abria a porta e as deixava sair para o campo por um tempinho, para que fizessem suas necessidades e se lavassem, se quisessem, com a água da bomba. Depois voltava a trancá-las. Lá pelas nove Teófilo abria a porta pela segunda vez e Eulalia entrava levando as panelas da comida. As prisioneiras almoçavam tortilhas, feijões, molho de pimenta e uma jarra de chá de folhas de laranjeira. Não conseguiam ficar cheias, mas também não ficavam com muita fome. Eulalia voltava para pegar a louça vazia e ela mesma lavava tudo. As mulheres passavam o dia fechadas. Às seis da tarde Teófilo as deixava sair ao campo um pouquinho, ao fim do que elas voltavam a entrar no celeiro, jantavam os mesmos pratos que haviam comido no almoço, em igual quantidade, e, depois de retirar os pratos, Teófilo fechava o cadeado para não voltar a abri-lo até o dia seguinte:

As relações entre o casal Pinto e as prisioneiras eram relativamente cordiais. Teófilo advertiu às mulheres:

— Entre nós e vocês não há inimizade nem briga. Vocês estão passando uns dias aqui, porque essa foi a ordem que a dona Arcángela deu. A outra ordem que ela deu é que não deixasse vocês irem. Fiquem tranquilas nesta casa, onde ninguém vai tratar vocês mal e onde não vai faltar nada e não teremos dificuldade.

Uma das mulheres se atreveu a perguntar quanto tempo tinham de ficar trancadas, ao que Teófilo respondeu:

— O que dona Arcángela mandar.

## 3

Ticho se levanta antes que amanheça — por escolha própria, já que prefere passar o dia no campo que carregando sacos no armazém —, se veste como algo entre leão de chácara e camponês: camiseta esburacada, um casaco de lã, sandálias e um chapéu largo, e viaja no primeiro ônibus que sai de Concepción de Ruiz. Chega no rancho ao amanhecer, quando todos estão dormindo, exceto um cachorro, que não late para ele. Calça as galochas que estão embaixo da telheira e com a pá na mão vai encontrar a irrigação e ver quais prejuízos e quais avanços a água conseguiu fazer durante a noite.

No dia e na hora em que nos interessam, Ticho estava parado na ponta do cano de irrigação, perto da estrada. Podemos imaginar o que viu:

Afastando-se dele, paralelos e juntos, estão a passagem e o cano de irrigação. A passagem está obstruída, pelo lodaçal e pelo charco; o cano está sobre um elevado de terra coberto de erva verde. Estes dois elementos dividem o rancho em duas partes. À direita de Ticho está o terreno semeado e regado: uma superfície de terra negra com pontas diminutas de trigo verde. À sua esquerda está o barbecho abandonado: de um negro acinzentado, com torrões como pedras. No outro extremo do cano e da passagem está a bomba, e junto à bomba, o celeiro, e junto ao celeiro, a casa. A casa está pintada de branco, tem uma porta e duas janelas, o celeiro é da cor do tijolo e tem uma porta trancada. A uns metros à esquerda da casa está a telheira e debaixo da telheira, o trator — vermelho.

É manhã, cedo. Não há uma nuvem. Faz frio.

Uma figura humana sai da porta da casa, vai até o celeiro e abre a porta grande. Aos poucos, sem pressa, vão saindo do celeiro quatro figuras envoltas em trapos. Param por um momento no sol, depois vão onde está a cerca, levantam as anáguas e se colocam de cócoras, em fila. A figura que abriu a porta se move até a telheira, inclina-se na frente do trator, faz um movimento brusco e uma fumaça branca aparece sobre o cano de escape. Ouve-se uma falsa ignição e depois nada. Outra figura aparece na porta da casa e fica ali, imóvel.

Ticho se distrai, se inclina sobre a pá, move um torrão para que a água corra, reforça uma margem, etc. Não volta a levantar a cabeça até que ouve o grito.

Quando volta a olhar a cena, a situação mudou. As quatro mulheres que estavam de cócoras agora estão correndo pelo barbecho. Ticho compreende que estão tentando cruzá-lo enviesado, para chegar à estrada no ponto mais distante de onde ele está parado. A figura que estava na porta desapareceu, a que estava na telheira se move até a porta. As quatro figuras que correm pelo barbecho vão se separando umas das outras. A corrida é difícil, os pés se torcem, afundam-se nos torrões, correm e não avançam. As outras duas figuras estão agora na porta. A que havia entrado na casa e voltou a sair entrega a que acaba de chegar da telheira um objeto que esta pega com as duas mãos.

Esta figura, ereta, fica imóvel por um tempo. Não se viu nem o clarão nem a fumaça. Os disparos pegam Ticho de surpresa e o assustam.

## Capítulo 15

# A SEQUÊNCIA DE AZAR

# 1

— Diz o senhor Teófilo que as quatro mulheres que você deixou encarregadas com ele estavam fugindo, de modo que, em obediência às ordens que você havia dado, disparou sobre elas com aquela carabina que você havia dado para que ele cuidasse das vacas. Uma morreu. Outra está agonizando. As outras duas se renderam e conseguimos trancá-las novamente. Esta é a novidade. Dom Teófilo também diz que está esperando novas ordens que você quiser dar.

Estas foram, *mutatis mutandis*, as palavras com que Ticho deu a notícia para Arcángela, cerca de uma hora depois do ocorrido. É possível imaginar as que Arcángela disse ao ouvi-las. Ela não admitiu, nem então nem depois, nem admite agora, ter pronunciado a palavra "carabina" em relação com as quatro mulheres que levou para o rancho Los Ángeles.

— Disse para ficar de olho nelas, para cuidar delas, para não deixar que fossem embora, mas não que as baleasse.

Atualmente se refere a Teófilo invariavelmente como "o imbecil do meu cunhado".

Convém advertir que nem o Escada, que foi quem levou as mulheres ao rancho, nem Eulalia, que saiu com Teófilo ao encontro do carro quando este ficou atolado, ouviram Arcángela falar da carabina.

O resultado é o mesmo: Arcángela deu a Teófilo a carabina, levou as mulheres ao rancho, e Teófilo, sentindo que assim cumpria uma ordem que Arcángela havia lhe dado, disparou sobre elas.

Pouco tempo após receber a notícia, Arcángela se sentiu mal — ficou doente de raiva, segundo ela —, teve que se deitar e a Caveira levou na cama uma xícara de chá de estafiate para ela. Segundo a Caveira, Arcángela disse nessa ocasião: — Me parece, Caveirinha, que foi tudo pro caralho.

Enquanto Arcángela se recompunha, Serafina e Ticho foram ao rancho Los Ángeles no carro do Escada. Quando chegaram, a mulher ferida havia morrido.

Não há lembrança de que Serafina tenha reprovado Teófilo em sua ação. Limitou-se a tomar as medidas que considerou prudentes: caminhou pelos campos seguida de Ticho, que levava no ombro uma pá e uma picareta, até que encontrou um lugar que lhe pareceu adequado. Estava longe da estrada, ao pé de um barranco, protegido dos olhos indiscretos — ainda que não houvesse ninguém para olhar — por uns cactos nopales. Ordenou que Ticho cavasse ali.

Enquanto este trabalho era realizado, Serafina voltou à casa do rancho. Havia chegado à conclusão de que nem Teófilo nem sua esposa estavam capacitados para "cuidar de mulheres", de modo que fez com que seu cunhado abrisse o celeiro, ordenou às mulheres que estavam ali fechadas que subissem no carro e voltou com elas à cidade. Depois de deixá-las, cada uma em um quarto, outra vez trancadas, fez uma segunda viagem ao rancho, para supervisionar o enterro.

A roupa das mortas foi posta em um monte só, ao qual se ateou fogo. Os cadáveres, envoltos em mantas, foram levados da telheira — onde estavam postos — até a cova, por Ticho, o Escada e Teófilo, que no começo resistiu a participar na tarefa fúnebre. Quando o Escada e Ticho cobriram a cova e apagaram os rastros o melhor que puderam, Serafina se deu por satisfeita. Estava escurecendo. Fazia frio. Eulalia os convidou para entrarem na casa para comer alguma coisa — os homens estavam famintos —, mas Serafina recusou o convite e disse que era hora de voltar para a cidade. Todos foram para o carro e ali se despediram. Serafina deu um beijo em sua irmã, Teófilo abriu a porta do carro e dizem que perguntou para sua cunhada.

— Qual as ordens agora?

— Nenhuma — Serafina respondeu. Quando Arcángela se sentir melhor vai decidir o que faz contigo.

Dito isto, voltaram para a cidade. Teófilo e Eulalia ficaram no rancho sozinhos, com dois crimes na consciência, dois cadáveres enterrados a cinquenta passos, ao pé de um barranquinho e o sentimento incômodo de não ter satisfeito quem lhes empregava.

## 2

Nas semanas seguintes, a comunidade do Cassino do Danzón se divide e se reagrupa várias vezes, de acordo com as oscilações obscuras do capricho de Arcángela.

As quatro mulheres que haviam batido em Rosa foram separadas de suas companheiras como a peste. Ocuparam, por um tempo, o escalão mais baixo na hierarquia do bordel: viviam encarceradas, cada uma separada das outras, nos quartos mais escuros da casa. A Caveira levava aos seus quartos, duas vezes ao dia, tortilhas e feijões, em quantidades que sempre as deixavam com fome. Por sua vez, as três que não haviam participado em nenhum ataque, e Marta, tinham liberdade para andar pela casa, podiam inclusive entrar na cozinha e preparar um lanche quando sentiam uma fome intempestiva. Sua única limitação era a rua, para qual não podiam três delas sair. A outra, Marta, podia sair somente acompanhada da Caveira até o mercado. Rosa seguia doente; sem poder se mover, estava relativamente bem assistida em sua cama. Estas mulheres e suas patroas comiam modestamente, mas bastante: feijões e tortilhas, o quanto quisessem, sopa de cabelo de anjo, de vez em quando, guisado de carne, duas ou três vezes por semana, especialmente quando ficava para jantar na casa o capitão Bedoya — a quem a Caveira sempre servia um ovo no almoço, ovo que as outras só viam passar em um prato. Às nove da noite chegava o Valente. O capitão havia lhe dado ordens de andar com roupa de civil quando estivesse a serviço das Baladro, mas ele, que não a tinha em quantidade suficiente, chegava na maioria das noites com uma camisa de uniforme, em cujo colarinho era possível ler, distintos, os números do regimento.

A Caveira o adorava. Dava-lhe de jantar dois ovos enfiados em um molho de pimenta cascavel, uma pilha de tortilhas e uma caneca de chá de folhas de laranjeira, com o objetivo, dizia a Caveira, de que o outro pudesse resistir melhor "aos frios". O Valente conta que fazia guarda para que as quatro reclusas não escapassem. Na realidade, envolvia-se num capote e dormia profundamente, atravessado na metade da escada, com um rifle automático ao lado.

Quando Teófilo matou as duas mulheres a situação mudou. As duas sobreviventes do ocorrido passaram a ocupar o lugar mais baixo da escala hierárquica do bordel. Por terem visto suas duas companheiras de fuga morrerem, foram tratadas como criminosas. Foram trancadas em "quartos vedados", davam-lhe de comer o que as outras deixavam de sobra, que era quase nada, e nunca saíram. Estas duas ficaram tão eficazmente isoladas ali, que as outras que viviam na casa não souberam, senão só depois de vários meses, nem que elas estavam ali trancadas, nem o que havia acontecido no rancho.

Em contraste com o castigo e o isolamento rigorosos impostos às mulheres que haviam voltado do rancho, Arcángela decidiu diminuir a pena das quatro que haviam atacado Rosa — ainda que esta continuasse doente —, e dispôs que durante o dia seria permitido que saíssem dos quartos, podiam comer na cozinha até se encherem, reunir-se entre si e falar com as demais. Depois da janta, voltavam para seus respectivos quartos, onde a Caveira as trancava até o dia seguinte.

Parece que este ato, de fechar um cadeado nas noites e de voltar a abri-lo pela manhã, valeu à Caveira a inimizade das trancafiadas, com quem até essas datas havia mantido relações relativamente cordiais — apesar de que nem por um momento houve a menor dúvida de que a Caveira era partidária incondicional das Baladro e, por conseguinte, inimiga das insurrectas.

Parece que não houve provocação nem briga. Não se sabe o que as quatro mulheres queriam conseguir. O incidente foi assim. Uma manhã, depois do almoço, as quatro estavam na cozinha lavando a louça, quando entrou a Caveira. Ela diz que no momento em que entrou compreendeu que estavam a esperando, elas afirmam que não haviam acordado isso. A Caveira diz que não abriu a boca, elas, que as insultou dizendo "Que caralho!" (?). O caso é que, antes que a Caveira pudesse se defender, Aurora Bautista jogou a panela em sua cara, e outra, a vítima não sabe dizer quem foi, bateu em sua cabeça com a colher de pau.

Tudo parece indicar que a intenção das quatro mulheres era fazer com a Caveira a mesma coisa que as outras quatro haviam tentado fazer com a Marta: jogá-la no banheiro velho e enterrá-la viva. Convém notar que esta intenção teria mais probabilidade de êxito que a anterior, porque sendo a Caveira muito mais magra que Marta, teria passado pelo buraco.

Felizmente para todas as participantes, a intenção foi frustrada. As mulheres caminhavam pelo quintal na direção do banheiro velho, levando nos braços a Caveira, semiconsciente, quando cruzaram com Arcángela, que voltava para casa depois de dar de comer às galinhas. O que aconteceu então torna manifesta a autoridade que ainda nessa época tinha a cafetina sobre suas empregadas. No instante em que a viram as quatro ficaram sobressaltadas e não conseguiram fazer mais nada além de obedecer a suas ordens. Arcángela, sem necessidade de soltar um prato que levava na mão, fez com que as outras quatro levassem a Caveira para seu quarto, deitassem ela sobre sua cama e chamassem Serafina, que estava na sala de jantar, costurando, para pedir que trancasse elas.

Nessa noite o capitão Bedoya supervisionou o castigo. Fez com que as quatro culpadas batessem umas nas outras com a colher de pau. Foi nessa ocasião que Aurora Bautista, impulsionada por um instinto obscuro, golpeou Socorro várias vezes na boca até quebrar-lhe os dentes. María del Carmen gritou: "vai matá-la", e o capitão interveio tirando a colher de Aurora. (Durante o julgamento, o capitão fez referência a este ato humanitário.)

A Caveira, que ficou com a cara inchada durante mais de uma semana, não interveio nessa noite no castigo, nem deu mostras, depois, de guardar rancor a quem havia lhe atacado.

# 3

Em meados de dezembro, o capitão Bedoya teve que fazer uma viagem à cidade de Mezcala para resolver uma questão relacionada com seu serviço. Antes de realizá-la, fez algumas considerações: uma, que um quarto de hotel custa a mesma coisa se dorme só um ou se está acompanhado, dois que a vida no Cassino do Danzón estava cada vez mais opressiva e que Serafina, que havia estado constantemente tensa por meses, merecia um descanso. O capitão a convidou a acompanhá-lo e Serafina aceitou.

Fizeram a viagem em um ônibus de primeira. O capitão foi galante: permitiu a Serafina se sentar no assento que estava junto à janela e, coisa que nunca havia feito por ninguém, desceu do ônibus em uma parada para comprar *tejocotes*[21] com cobertura que ela tanto gostava — e pagou por eles. O capitão estava de uniforme, Serafina, para evitar se desgrenhar, cobriu a cabeça com um lenço vermelho.

Diz o capitão que no momento em que o ônibus arrancou, Serafina pareceu esquecer os problemas que havia na casa, acalmou-se, ficou absorta na contemplação da paisagem e com frequência fez comentários tais como: "olha que penhasco tão grande", ou "o que é que se sente ao viver neste lugar tão solitário?", os quais, segundo o capitão, indicam claramente a aspiração que Serafina tinha então de deixar o lenocínio e se dedicar à agricultura.

Às oito da noite chegaram à cidade de Mezcala. O capitão seguiu complacente. Descartou a ideia de se hospedar em algum dos hotéis próximos ao terminal de ônibus, por considerá-los "baratos, mas em um lugar muito barulhento". Pegaram um táxi — que ele pagou — que os levou a um hotel do centro e relativamente elegante. O capitão não se perturbou nem quando, na administração, o empregado lhe disse o quanto

21 TEJOCOTE: Conhecida como planta do coração, é uma planta típica da vegetação mexicana, uma pequena árvore ou arbusto de grande longevidade, caracterizada por ser um espinheiro que produz frutos amarelos que têm um gosto que se assemelha à maçã e à goiaba.

custavam os quartos. Insistiu que mostrassem vários para que Serafina escolhesse o que mais lhe agradava. Ficaram, por fim, em um que tinha uma sacada da qual se via um pequeno parque, com bancos, e o átrio de uma igreja.

Serafina retirou o lenço vermelho e o capitão a levou para jantar em uma cervejaria famosa.

No dia seguinte, o capitão passou a maior parte da manhã nos escritórios da Chefatura de Operações. Serafina foi até o pórtico da cidade e comprou doces típicos de Mezcala para levá-los de recordação para a irmã. Ao meio-dia, quando o capitão voltava ao hotel, a viu de longe, inclinada sobre a sacada, agitando a mão e sorrindo para ele. Diz que fazia meses que não a via tão contente.

Depois de comer foram ao cinema; depois do cinema se separaram: o capitão voltou para a Chefatura, com o objetivo de prosseguir sua diligência e Serafina foi caminhando na direção do hotel. Descreve o que ocorreu da seguinte maneira. Ia por uma rua cujo nome não recorda, ao entardecer. Havia muita gente. De repente, diz, notou na calçada em frente alguma coisa, não sabe dizer o quê — uma silhueta, um gesto —, que a inquietou. Diz que seguiu caminhando, que no começo não soube o que estava acontecendo com ela, que demorou um tempinho para se dar conta que havia visto Simón Corona entre as pessoas. Toda a raiva contida naqueles anos despontou, sentiu a boca amarga e teve que parar para cuspir. Diz que sentiu mais uma vez a humilhação daquela noite em Acapulco, quando, preocupada, entrou na loja, viu a outra porta e compreendeu que Simón a enganara. Diz que voltou a sentir uma grande pena de si mesma: ela havia sido tão boa e o outro devolvera de maneira tão ruim. Acredita que se estivesse com a pistola .45 na bolsa de mão teria disparado sobre as pessoas que iam passando pela calçada em frente. Mas não estava com ela.

Diz que ficou louca. Cruzou a rua se esquivando dos carros, deu uma cotovelada em um homem gordo que estorvava sua passagem, correu uns metros, chegou à esquina e ficou ali parada, olhando em todas as direções, sem encontrar o rastro do homem que odiava.

Diz que perdeu o rumo, que andou pelas ruas, que teve que perguntar o caminho para regressar ao hotel. Neste extravio, recrudesceu-se nela a vontade de se vingar.

— Como é possível que uma ofensa tão terrível fique sem castigo? Não é justo.

Diz o capitão Bedoya que quando voltou ao hotel encontrou Serafina transformada. Ao invés de estar inclinada sobre a sacada, como ele esperava, a viu, quando abriu a porta, sentada em uma cadeira, em um canto do quarto quase escuro. Olhava par ele. Era evidente que o estivera esperando. Apenas entrara, ela disse:

— Há uma coisa da minha vida que você não sabe.

É possível imaginar o capitão tirando a jaqueta, entrando no banheiro e urinando com a porta aberta, enquanto Serafina, de pé no centro do quarto descreve, com voz transida pela emoção, a história de suas relações com Simón Corona — de quem o capitão ignorava a existência. Ouve-se as palavras "zombaria", "ingratidão", "imperdoável", etc., e termina dizendo:

— Era para matar esse homem que queria a pistola calibre .45 que você me vendeu...

Segundo parece, Serafina passou o dia seguinte caminhando pelas ruas de Mezcala em busca de Simón Corona. Não o encontrou — depois se soube que Simón Corona não esteve nessa cidade nesses dias, o que Serafina viu na rua foi uma ilusão. O capitão a convenceu com esforço a voltar para Concepción de Ruiz. Ela não esqueceu nem a decisão que tomara nem a promessa do capitão de ajudá-la, de modo que uns dias depois, Serafina, o capitão, o Valente Nicolás e o Escada realizaram a viagem a Salto de la Tuxpana. (Ver o Capítulo 1.)

(Durante o julgamento, o capitão Bedoya sustentou que a viagem para Salto de la Tuxpana teve por finalidade "dar um bom susto" em Simón Corona, não matá-lo, como poderia se pensar ao julgar pela quantidade de disparos com armas de calibres letais que Serafina e Valente Nicolás fizeram no interior da padaria. A declaração de Valente está em consonância com a do capitão: disse ser um grande atirador, que não teria tido dificuldade de acertar os dois que estavam jogados no chão, atrás do balcão. Serafina, pelo contrário, à pergunta do juiz "você acha que este homem — Simón Corona — merecia a morte por tê-la deixado numa esquina esperando, quando não tinha intenção de voltar?", respondeu que sim, e depois confessou que ao parar na porta da padaria, disparou contra os corpos, mas que a pistola de calibre .45 "não obedeceu".)

# Capítulo 16
# CHEGA A POLÍCIA

# 1

—Você suspeita de alguém que possa ser o autor deste ataque? — perguntou o agente do Ministério Público de Salto de la Tuxpana para Simón Corona, que estava vendado e deitado em uma cama do posto de socorro.

Simón respondeu sem titubear que suspeitava de Serafina. Quando o agente lhe pediu direções da suposta culpada, Simón deu a direção da casa do Molino, porque não sabia da existência do Cassino do Danzón. A partir desse momento, a averiguação segue rotas burocráticas, se converte em papéis que ficam dias inteiros na gaveta de uma escrivaninha, que se multiplicam, que voltam ao ponto de origem, que são reexpedidos, que chegam a outro departamento, que ficam outros tantos dias na gaveta de outra escrivaninha. Nesse caso não se sabe de que admirar-se mais, se da tortuosidade ou da infalibilidade da justiça. O trâmite burocrático culmina quando chega às mãos do inspetor Teódulo Cueto, da polícia de Concepción de Ruiz, na forma de um papel que diz: "Faça ser posta à disposição da Procuradoria do Estado de Mezcala a senhora Serafina Baladro Juárez, etc."

A primeira coisa que o inspetor fez ao receber esta ordem foi conversar com o capitão Bedoya no bar do hotel Gómez. O inspetor Cueto nega ter tido esta conversa. O capitão Bedoya, por sua vez, descreve o que lhe disse nela da seguinte maneira:

Disse que estava me avisando que tinha chegado uma ordem de prender Serafina, de modo que era prudente que ela colocasse seu advogado de sobreaviso. Eu lhe disse que não entendia por que havia um mandado de prisão contra Serafina, muito menos por que ela devia precisar de um advogado. O inspetor então me disse que havia ocorrido um tiroteio em Salto de la Tuxpana e que o nome dela aparecia nos autos. Ao ouvir isto eu respondi:

— Juro a você, inspetor, como oficial do Exército Mexicano

e pela honra da minha santa mãe, que Serafina não conhece ninguém em Salto de la Tuxpana, nem esteve nessa cidade, nem sabe onde fica e é possível que nem imagine que exista.

O inspetor me disse que agradecia a minha sinceridade, que estava certo de que não pesava nenhum delito sobre a cabeça de Serafina. Contudo, ia ter que prendê-la. Eu então lhe agradeci por ter-me dado a dica. Ele acrescentou que, de acordo com as instruções que tinha, sua obrigação era romper no dia seguinte os selos do Cassino do Danzón e revistar o interior do local. Disse que tinha certeza de que encontraria tudo em ordem. Eu lhe disse que não se preocupasse. Que estava tudo em ordem. Dito isso, nos despedimos.

Despediram-se e o capitão Bedoya foi o mais rápido possível para o Cassino. A notícia, como é natural, causou consternação. Diz a Caveira que Arcángela recriminou Serafina:

— Por ser egoísta, por buscar somente a tua vingança — parece que disse — você nos arruinou.

Serafina respondeu:

— Que culpa eu tenho de ter nascido apaixonada?

Houve uma mobilização e ordens peremptórias. Ticho fez argamassa na sala de jantar e começou a tapar o buraco. Chamaram o Escada. Deram ordens para as mulheres prepararem as cobertas e seus cacarecos para ir passar a noite no rancho Los Ángeles. Serafina tentou se comunicar com o bacharel Rendón, que neste ponto desaparece da história. As Baladro tentaram se comunicar com ele em mais de trinta ocasiões durante os quinze dias seguintes, sem conseguir. Houve titubeios. Serafina propôs a sua irmã, perante testemunhos:

— Vamos para os Estados Unidos.

Mas foram para o rancho. Naquela tarde, o Escada fez quatro viagens no carro. As onze mulheres que restavam voltaram a ser reunidas. Puseram colchonetes no celeiro e dormiram ali, sob a vigilância da Caveira, em aparente harmonia. Fez frio. Na manhã seguinte descobriu-se que Rosa tinha febre. A Caveira diagnosticou como resfriado e preparou chá de orégano para curá-lo. Rosa bebeu o chá, parece ter ficado aliviada e morreu três horas depois. Ticho a enterrou ao pé do barranquinho, em uma cova que cavou precipitadamente, contígua às outras duas.

## 2

No dia seguinte, em 14 de janeiro, o inspetor Cueto rompeu os selos da casa na rua Independencia e entrou nela acompanhado de três oficiais e um escrivão. Parece que a percorreram sem encontrar nada que lhes parecesse irregular. A polícia ficou apenas quinze minutos no interior da casa. Nos autos que foram lavrados se passou por alto o detalhe de que as tortilhas que havia na cozinha não podiam ter estado ali fazia dois anos.

Nesta tarde, o inspetor Cueto foi ao rancho Los Ángeles. A água do cano de irrigação havia voltado a transbordar, o caminho estava lodoso, o carro atolou. Enquanto os três policiais e o escrivão tentavam desatolá-lo, o inspetor caminhou os duzentos metros que o separavam da casa. Arcángela e Serafina estavam na porta, como que os esperando. Diz o inspetor Cueto que antes que ele tivesse tempo de dar boa tarde às senhoras, Arcángela lhe disse:

— Te dou dez mil pesos para que não encontre a minha irmã em lugar nenhum.

Não se sabe o que o inspetor respondeu. (As Baladro disseram que nunca lhe ofereceram dinheiro, nem o entregaram.). Nessa noite o inspetor escreveu um relatório que mandou para a Chefatura na qual diz ter rompido os selos do Cassino do Danzón, inspecionando o interior e tendo visitado o rancho Los Ángeles, "sem ter encontrado a pessoa buscada". O tom deste documento é definitivo. Quem o lê ignorando a história poderia supor que ali terminou a busca.

Não foi assim. No dia seguinte o inspetor Cueto voltou ao Cassino do Danzón, acompanhado, como na ocasião anterior, por três policiais uniformizados e um escrivão.

(Convém notar que os motivos que o inspetor Cueto teve para voltar ao Cassino são tão obscuros como os que teve para advertir o capitão Bedoya que estava a ponto de fazer uma prisão quando conversou com ele no bar do hotel Gómez. A explicação que ele deu de sua atuação é a seguinte:

O tamanho da soma que a senhora Arcángela me oferecia era tão grande que me fez suspeitar que o que as senhoras Baladro tinham na consciência era um delito mais grave que o tiroteio em Salto de la Tuxpana, no qual ninguém havia perdido a vida nem saído gravemente ferido. Por isto decidi voltar ao Cassino do Danzón e realizar uma investigação mais minuciosa.)

Na segunda visita ao Cassino do Danzón o inspetor Cueto e seus homens percorreram os quartos, subiram e desceram pelas escadas, entraram e saíram do cabaré, passaram pela cozinha, examinaram a despensa e finalmente o quintal. Devem ter encontrado uma infinidade de rastros de que o lugar tinha sido habitado recentemente, mas não era o que buscavam. No quintal, o inspetor andou de um lado para o outro.

De repente — diz —, me dei conta que os pés estavam afundando.

Mandou chamar um dos policiais que o acompanhavam e ordenou:

— Pega uma pá e faça um buraco aqui. Quero ver o que tem embaixo.

Quando a escavação chegou a um metro de profundidade apareceu o que restara de uma mão de Blanca.

## 3

Depois deste encontro sensacional, produz-se uma interrupção de várias horas: o inspetor Cueto pede reforços para Pedrones e espera que cheguem antes de dar o passo seguinte. Perde mais tempo depois, tomando precauções: grupo de atiradores ao sul do rancho Los Ángeles para cortar a saída para a estrada; ao norte, outro grupo de atiradores para proteger a fuga, etc. O inspetor é o primeiro a chegar na casa. Veste um chapéu de cowboy, colete a prova de bala e uma pistola na mão. A casa está vazia. Quando a polícia forçou a porta do celeiro, encontrou a maioria das mulheres que estavam trancadas nele se queixando de não ter comido nada em vinte e quatro horas.

Uma das cativas — Aurora Bautista — diz ter ouvido as Baladro dizer a palavra "Nogales". Ao ouvir isto, o capitão age pela primeira vez rapidamente. Ordena que as mulheres que estão no celeiro sejam levadas para a Delegacia de Polícia e ele, com dois agentes, sobe em seu carro e, conduzindo a toda velocidade, vão na direção de Pedrones.

Chegam ao terminal de ônibus a tempo de deter o que nessa hora sai rumo a Nogales. O inspetor Cueto o aborda e fica parado por um momento no corredor, olhando ao seu redor. Nos bancos 23 e 24 há duas mulheres, aparentemente adormecidas, que cobriram as caras com lenços. São as irmãs Baladro.

## 4

Quando as Baladro chegaram à Delegacia de Polícia de Concepción de Ruiz, foram levadas por um corredor que dava para o escritório onde estavam prestando declarações as mulheres que haviam estado trancadas no celeiro. Dizem que ao vê-las passarem sob custódia, várias delas se levantaram do banco onde estavam sentadas, foram para a porta e dali gritaram para elas "velhas do caralho", "salafrárias", etc. Estes insultos, que retumbaram no corredor, foram os primeiros que as irmãs Baladro receberam de suas empregadas.

O capitão Bedoya tinha ficado de se encontrar com Serafina em Nogales — haviam marcado um encontro no terminal de ônibus. Ignorante de que as Baladro haviam sido presas, dormiu no quartel, levantou-se cedo, passou revista na tropa, tomou café da manhã no hotel Gómez e chegou ao Banco Comercial de Plan de Abajo logo que estavam abrindo.

O capitão estava preenchendo uma ficha para retirar os fundos que tinha em sua conta poupança quando entraram na agência dois oficiais que vinham para prendê-lo. Aproximaram-se dele e um deles lhe disse, em voz baixa, para que os empregados do banco não se dessem conta do que estava ocorrendo:

— Meu capitão, você está preso.

Diz o oficial que ao ouvir isto o capitão Bedoya não titubeou. Rasgou a ficha, guardou a caneta e estendeu os punhos juntos, para que o outro os algemasse. Mas o agente não tinha algemas consigo, de modo que os três homens saíram do banco com os braços dados, como se fossem amigos que estavam felizes de se encontrarem.

O Valente Nicolás, que acreditava não ter culpa nenhuma, foi preso no quartel. O Escada, que também acreditava ser inocente, foi preso dois dias depois, quando estava comentando o caso das Baladro com outros motoristas, sentado na escada do átrio de San Francisco. Ninguém denunciou Ticho e ninguém buscara por ele. Ele se entregou voluntariamente quando soube que as Baladro estavam presas. Quase teve trabalho para que a polícia o deixasse entrar em uma cela. Eulalia e Teófilo Pinto teriam escapado, porque a polícia não tinha foto deles, se não tivessem a ideia de cruzar a fronteira — queriam "ficar a salvo". Foram presos no Texas por viajar sem passaporte e entregues à polícia mexicana, à qual deram seus nomes verdadeiros.

A prisão de Concepción de Ruiz, onde geralmente não havia mais presos do que os bêbados que eram soltos na manhã depois de varrer as ruas, teve em seu seio, pela primeira vez, dezenove prisioneiros.

Uns dias depois eram vinte: Simón Corona foi levado para Concepción de Ruiz para dar depoimento. Ficou ali apenas um dia, porque outro recluso, não se soube quem, lhe deu uma punhalada — que não foi mortal — e Simón teve que ser levado com urgência para um hospital.

# 5

O papel que o inspetor Cueto desempenha na apreensão das irmãs Baladro é uma das partes obscuras desta história. Pode ser explicada hipoteticamente assim:

O inspetor Teódulo Cueto, cujo nome aparece no livro de Arcángela, no capítulo "pagamentos" (ver Anexo 5), tentou inicialmente cumprir o seu dever e ao mesmo tempo dar às Baladro várias oportunidades para ficarem a salvo — conversa com o capitão Bedoya no bar do hotel Gómez, entrada no Cassino quando não há ninguém lá dentro, não realiza a captura quando encontra a mulher que tem ordens para prender. É possível que tenha aceitado os dez mil pesos que Arcángela lhe ofereceu, não para fechar o caso indefinidamente, mas para dar a elas dois dias de vantagem. É também possível que o inspetor tenha mudado de opinião em determinado ponto da investigação — quando encontrou no quintal a mão de Blanca, por exemplo — e decidiu apressar a operação e efetuar a prisão. As Baladro teriam precisado de mais vinte e quatro horas para ficarem a salvo.

Há que se admitir que esta possibilidade não explica que o inspetor tenha descoberto o cadáver de Blanca em sua segunda visita ao Cassino do Danzón, o qual, parece, ocorreu por pura casualidade.

## Capítulo 17

# A JUSTIÇA DO JUIZ PERALTA

# 1

Ao ficar encarregado de instruir o processo contra "Serafina e Arcángela Baladro, e outros", o juiz Peralta teve como primeiro cuidado dividir os dezenove detidos em dois grupos. Os que ao fazer a declaração preparatória se queixaram de algum maltrato foram considerados vítimas, os que não se queixaram de nada foram considerados supostos culpados.

O passo seguinte consistiu em separar fisicamente as vítimas dos culpados. As seis mulheres que ficaram na primeira categoria foram tiradas da cela na qual estavam e levadas a um cômodo que havia sido preparado para elas no edifício do tribunal, sem grades e com vista para o pátio interno, no qual haviam posto as camas emprestadas por várias famílias cristãs. O juiz concedeu a estas mulheres permissão para saírem à rua, recordando-lhes da obrigação que tinham de estarem presentes durante os atos legais. Eximiu-as também da obrigação de comer a comida que preparava a esposa do carcereiro — que, segundo opinião generalizada, era abominável — e um grupo de senhores de Concepción de Ruiz, encabeçados pelo Prefeito Municipal, reuniram o dinheiro que era preciso para pagar os gastos do mercado que levava todos os dias para o edifício do tribunal o almoço e comida para seis em uma marmita. O público estava preocupado com o estado de saúde destas mulheres, em cujas declarações afirmavam não ter comido suficientemente há mais de um ano.

— Esperem só até os nossos amigos influentes ficarem sabendo o que estão fazendo com a gente e vamos ver quem tem razão — disse Arcángela quando o escrivão leu as acusações que apareciam nos autos.

Passaram-se dois dias. Os amigos influentes não apareceram e as Baladro não puderam se comunicar sequer com o bacharel Rendón. Estavam sem advogado. Quando se soube isto, três mulheres que não haviam se queixado de nada pediram ao juiz para que permitisse acrescentar às suas declarações que quando haviam começado a trabalhar com as irmãs Baladro estavam enganadas no que diz respeito ao ofício que iam exercer — duas delas chegaram à casa do Molino acreditando que iam ser empregadas e a outra acreditou que aquilo era uma fábrica de fósforo —, eram menores de idade, haviam ficado — dez, doze, quinze anos, respectivamente — contra sua vontade e nunca receberam pagamento por seus serviços.

No dia em que acrescentaram isto às suas declarações, as três mulheres foram tiradas da cela e receberam daí em diante o tratamento de vítimas.

## 2

No começo, as Baladro se negaram a fazer qualquer declaração antes de se consultarem com seu advogado. Como passou o tempo e o bacharel Rendón não apareceu, elas tiveram que se apresentar, sem conselho, a um interrogatório preliminar.

Pergunta: A que você atribuiu a presença de três cadáveres no quintal da sua casa?

Resposta: Não sabemos de nada disso. Quem sabe é quem os colocou ali.

Ou então:

Pergunta: Várias mulheres empregadas se queixam que vocês estavam matando elas de fome. Dizem que só davam de comer uma tortilha e cinco feijões para cada uma. O que vocês dizem quanto a isso?

Resposta: É mentira. Dávamos a mesma coisa que se come em todos os lados. Até sopa de cabelo de anjo.

No quarto dia após a prisão, os articulistas de vários jornais disseram em seus artigos que as Baladro tinham influências tão grandes no Estado de Plan de Abajo que ia ser impossível condená-las. Em resposta a este rumor, o juiz Peralta declarou um arresto provisório de todas as propriedades das irmãs "com o objetivo de proteger os meios de indenização das vítimas".

Arcángela sofreu uma síncope quando soube da notícia.

— Querem tirar nossas propriedades! — disse quando se recuperou.

Saiu nos jornais agarrada às grades, como se quisesse quebrá-las. "Responsável por seis mortes e só pensa em suas propriedades", diz a legenda da foto.

Em vista de que o defensor das acusadas não dava sinais de vida, o juiz Peralta nomeou o bacharel Gedeón Céspedes para que desempenhasse este trabalho.

Depois de conversar com suas clientes, o bacharel foi entrevistado por jornalistas.

— Não me interpretem mal — disse. Defendo essas mulheres porque é minha obrigação, já que sou defensor por ofício. Mas não estou de acordo com elas. Pelo contrário, acredito que merecem a pena de morte, que infelizmente não existe no Estado de Plan de Abajo.

# 3

"... que tinham lhe proibido de sair, que quase não lhe davam de comer e que em uma ocasião, quando ela e três de suas companheiras fizeram algo que as senhoras não gostaram, as quatro foram trancadas em um quarto no qual Serafina entrou e disse para a declarante: 'pega essa vara e bata com isso naquelas ali. Se eu vir que não está batendo forte, eu mesma bato em você'. (Mostra os hematomas.)"

"... que viu como a senhora Arcángela Baladro abriu o pacote que estava sobre a mesa. Era a carabina. A supracitada disse então as seguintes palavras: 'estou te dando esta carabina para que as defenda, caso alguém quiser levas as vacas'." "... que a mesma senhora Arcángela Baladro lhe disse em outra ocasião: 'vou deixar aqui contigo as quatro mulheres, cuida bem delas. Se você vir que alguma quer fugir, atira com a carabina que te dei para cuidar das vacas'. Por isso diz o declarante que ao disparar não fez mais do que obedecer às ordens."

Sobre a culpabilidade do capitão Bedoya:

"que estando a declarante com outras mulheres lavando roupa nos tanques viu entrar no quintal o capitão Bedoya que caminhava até o muro do fundo, abrindo a braguilha com a intenção de urinar, quando de repente parou e ficou olhando um pacote que estava embaixo do limoeiro. 'O que é isto?', perguntou a elas e elas responderam, 'é a Blanca', que o capitão ficou de mau-humor e disse à senhora Serafina, 'diga para o Ticho para cuidar da Blanca hoje à noite, para levar para fora da cidade e deixar no lixão para que os cães comam'."

"... que viu o capitão Bedoya cortando varas de uma mata que havia no curral e testando-as na palma de sua mão para ver qual batia mais pesado..."

"... que quando servia a mesa escutou que o capitão dizia para a senhora Serafina: 'estas mulheres que vivem aqui já não servem, têm a carne muito flácida. Para que alguém queira elas primeiro precisa colocá-las no *mole* e depois servir elas em tacos'..."

"... que não tem a menor dúvida que o capitão Bedoya estava amasiado com Serafina Baladro e que às vezes dormia com ela, já que em várias ocasiões a declarante serviu a mesa da sala de jantar e viu como o supracitado capitão tirava o cinto depois de jantar..."

"... que todas as manhãs o capitão almoçava um ovo que elas, na cozinha, viam passar..."

Estas declarações e outras semelhantes serviram como fundamento para o juiz Peralta estabelecer contra o capitão Bedoya a imputação de cúmplice e autor intelectual dos delitos acumulados.

Acusações contra a Caveira:

"... que quando chegaram ao rancho Los Ángeles uma mulher chamada Rosa X. ficou muito doente e que a declarante viu que a mulher que tem o mau nome de Caveira se aproximava da doente e lhe disse, 'vou te fazer um chá de orégano', que depois foi até o braseiro e colocou a água para ferver, na qual pôs vários ingredientes que a declarante ignora o que era, que viu como a supracitada Caveira colocava o chá em uma caneca e dava para a doente beber, a qual morreu poucas horas depois e foi enterrada em uma cova aberta pelo sujeito apelidado de Ticho."

"... ela — a Caveira — podia sair para a rua e nós não, ela fazia a comida e nós não tínhamos permissão nem para acender o fogo..."

"... ela — a Caveira — foi a que deu de beber para Blanca a Coca-Cola que a matou..."

Não há referência no relatório à tentativa que as quatro mulheres fizeram de enterrar viva a Caveira na latrina velha.

Acusações contra o Escada:

"... que quando iam ser transferidas de San Pedro de las Corrientes para Concepción de Ruiz a declarante e outras mulheres ficaram sentadas junto ao motorista apelidado de Escada, que abriu a porta do lado onde elas estavam e disse: 'você cabe aqui, capitão, sente-se', e o capitão se sentou apertando as duas mulheres e fazendo-as se sentir sufocadas, que nessa ocasião a declarante disse 'parece que vai quebrar os meus ossos' e que ninguém se importou..."

O parágrafo anterior demonstra que o Escada violou as leis de trânsito do Estado de Plan de Abajo por duas infrações: transportar passageiros em condições que colocam em perigo a saúde e transportar prostitutas no território de um Estado onde a prostituição está proibida. A declaração de Simón Corona — capítulo 2 — lançou suspeita sobre ele por ter transportado cadáveres.

Etecetera.

No quinto dia do julgamento, Aurora Bautista pediu ao juiz que lhe permitisse modificar sua declaração da seguinte maneira: onde diz "faziam as contas todo mês e do que ela ganhava descontavam os gastos, mas durante o último ano não fizeram contas nem lhe entregaram um centavo...", que diga "faziam contas todo mês, mas nunca lhe entregaram um centavo..."

Onde diz "quando chegou a trabalhar na casa do Molino tinha dezenove anos", que diga, "não lembra bem a idade que tinha, mas parece que eram dezesseis anos".

Pede, além disso, diz os autos, para acrescentar o seguinte: "que ela viu as irmãs Serafina e Arcángela Baladro empurrar duas mulheres que caíram de uma sacada no dia 14 de setembro".

# 4

A primeira notícia do caso das irmãs Baladro apareceu na página 8 do *Sol de Abajo*, na seção intitulada de "Notícias de Concepción de Ruiz". Quando se soube que os três cadáveres encontrados eram de mulheres jovens e que no lugar onde foram achados havia sido um bordel, a notícia passou para a primeira página de todos os jornais do país. No terceiro dia, um público enorme e atento se inteirou da descoberta de outros três cadáveres no rancho Los Ángeles.

Concepción de Ruiz ficou cheia de jornalistas, fotógrafos e curiosos. Ao fazer a reconstrução dos fatos, o juiz Peralta contou 119 pessoas que não tinham razão para estarem presentes. A acareação entre Serafina Baladro e Aurora Bautista — na qual ambas as mulheres se insultaram e se chamaram de mentirosas — foi levada a cabo perante as lentes de vinte e três câmeras. Por pedido dos fotógrafos da imprensa, as vítimas — nove, nesta data — posaram ajoelhadas no chão com os braços em cruz, sustentando pedras semelhantes às que o capitão Bedoya escolhera.

Os jornalistas e o público em geral gostariam de ter encontrado mais cadáveres. Este interesse afetou a compreensão da história. Por exemplo, a declaração de Simón Corona, na qual diz ter ajudado as irmãs Baladro a transportar um cadáver para a serra em 1960 deu origem à ideia de que durante muitos anos as irmãs Baladro haviam se dedicado a assassinar mulheres e jogá-las para todos os lados da estrada ou enterrá-las em um canto do quintal. As vítimas começaram a inventar memórias e nos jornais apareceram testemunhos como este: "lembra-se de uma mulher chamada Patrícia que esteve trabalhando por uns dias no México Lindo e que depois desapareceu sem que ninguém voltasse a ter notícias dela"..., etc. As autoridades de San Pedro de las Corrientes ordenaram que levantassem o piso do México Lindo, para ver se havia cadáveres enterrados: não se encontrou nada. Receberam na redação do *Sol de Abajo* mais de trinta cartas de mães de família que haviam perdido contato com uma ou várias filhas, as quais tinham motivo para suspeitar que estavam em casas de prostituição e pediam ao diretor do jornal que lhes dissesse se entre os cadáveres ou entre as vítimas vivas havia alguma que se parecia com a foto anexada.

A última tentativa de encontrar mais cadáveres foi feita pelo inspetor Cueto. Tirou da prisão, com escolta, cinco dos acusados: o capitão Bedoya, o Escada, Teófilo Pinto, Ticho e o Valente Nicolás e os levou ao Cassino do Danzón. Reuniu-os no cabaré e os entregou pás e picaretas. Ordenou-lhes que escavassem no centro da pista, com a advertência de que não iam suspender o trabalho até encontrarem um cadáver. (Sua intenção, ao dar esta ordem, explicou o inspetor aos jornalistas, era fazer com que algum dos acusados confessasse onde havia um cadáver, ao invés de seguir cavando indefinidamente onde sabia que não havia nada.) Como nenhum dos acusados confessou, os cinco escavaram durante três dias inteiros, primeiro no cabaré — deixando o buraco que pode ser contemplado até agora — depois no quintal e por último no barbecho, em um lugar escolhido arbitrariamente pelo inspetor Cueto.

## 5

O juiz Peralta determinou que "Serafina e Arcángela Baladro e outros" eram culpados dos seguintes delitos: homicídio em primeiro grau, homicídio por negligência, privação ilegal da liberdade, maltrato físico e moral, posse ilegal de armas de fogo, porte ilegal de idem, ameaças com idem, corrupção de menores, lenocínio, privação de rendas a terceiros, dolo, ocupação ilegal de uma propriedade interditada, violação das leis de inumação, violação das leis de trânsito federal e do Estado e ocultação de bens.

Consequentemente, o juiz ditou as sentenças: a Serafina e Arcángela Baladro, por serem responsáveis pelos delitos acumulados, trinta e cinco anos de prisão; ao capitão Bedoya, por ser cúmplice e autor intelectual dos idem, vinte e cinco anos de prisão; a Caveira, vinte anos, por um homicídio em primeiro grau — o de Rosa X. — e outro por negligência — o de Blanca —; a Teófilo Pinto, vinte anos, por dois homicídios em primeiro grau; a Eulalia, sua esposa, quinze anos, por retirar a carabina da parede e entregá-la ao seu marido; a Ticho, doze anos, por violar as leis de inumação e por cumplicidade nos delitos acumulados; ao Escada, seis anos, por violar as leis de trânsito e por cumplicidade nos delitos, etc.

O juiz Peralta dispôs que as propriedades das irmãs Baladro que haviam sido arrestadas seriam vendidas até reunir dinheiro suficiente para pagar as indenizações que ele mesmo determinou. Eis aqui um exemplo.

| | |
|---|---|
| A título de salários devidos e não recebidos (calculam-se dez anos de trabalho com um valor de 300 pesos mensais, o salário-mínimo) | 36.000,00 |
| A título de juros moratórios | 18.000,00 |
| A título de indenização por morte do trabalhador | 10.000,00 |
| | **64.000,00** |

Esta soma ficou depositada em juízo, a disposição de quem a reclame e seja capaz de demonstrar-se herdeiro legítimo da defunta. (Não foi reclamada.)

## 6

No dia em que o juiz Peralta entregou o dinheiro da indenização às nove vítimas sobreviventes, teve *mole* no pátio do tribunal. As mulheres foram fotografadas, primeiro recebendo os cheques, depois comendo e, por último, de joelhos no interior da paróquia de Concepción de Ruiz, dando graças a Deus por ter-lhes permitido sair da situação com vida. Quando terminaram de rezar, os fotógrafos já haviam ido embora. No átrio, as mulheres se despediram e foram cada uma para um lado diferente. Estava entardecendo. Ninguém voltou a saber delas.

# Capítulo 18
# EPÍLOGO

Simón Corona se restabeleceu completamente da punhalada que alguém lhe deu, cumpriu sua pena em uma prisão do Estado de Mezcala, onde teve uma conduta exemplar, e ao ficar livre voltou para Salto de la Tuxpana, onde abriu uma padaria e vive feliz. Dos outros libertados, o Valente Nicolás é agora sapateiro — ofício que aprendeu na prisão —, Ticho é repositor no armazém dos irmãos Barajas, o Escada voltou para o seu antigo trabalho e é dono de uma pequena frota de carros em San Pedro de las Corrientes — que comprou, dizem as más línguas, com o dinheiro que Arcángela lhe deu.

Na prisão, Teófilo Pinto ganhou uma fortuna jogando *conquián*[22] e depois perdeu tudo. Eulalia, que está livre, vende cocadas. O capitão Bedoya está na prisão de Pedrones, onde é chefe do seu setor, muito respeitado por carcereiros e presos. As Baladro continuam na prisão feminina, de onde não têm esperança de sair com vida. Serafina tem um negócio de vender refrescos — a preços exorbitantes —, Arcángela vende as comidas que a Caveira cozinha. As duas são agiotas e seu capital, calculam as outras presas, passa de cem mil pesos.

---

22 CONQUIÁN: Também conhecida como *tercerilla*, é um jogo de cartas que se originou no México no século XIX, praticado com baralho espanhol.

# APÊNDICES

## 1:
## *A vida de Ticho contada por ele mesmo*

Quando eu era criança, os outros meninos tinham medo de mim. Meus pais me mandaram para a escola, mas a professora disse que eu era muito grande e que podia dar mau exemplo. Me colocaram para carregar pedras, sacos de areia, sacos de cimento. Uma tarde dei um abraço em um amigo e quando o soltei ele caiu no chão. Os que viram o que aconteceu disseram que eu tinha matado ele. Por isso me levaram para a prisão. Na prisão, me colocaram para carregar pedras mais uma vez. Um dia morreu quem carregava mortos no hospital e o doutor foi na prisão para buscar alguém que fizesse esse trabalho. O diretor da prisão mandou me chamar e me disse: "vai com este senhor". Fiquei dez anos carregando mortos de um lado para o outro até que uma manhã o doutor me disse: "já pode ir embora", e abriu a porta do hospital. Eu saí para a rua e comecei a caminhar. Cheguei na linha do trem e fui seguindo ela. Caminhava de noite porque tinha lua. De dia deitava em uma valeta e dormia. Quando via uma casa, me aproximava da cozinha — os cachorros não latem para mim —, colocava a cabeça para dentro e dizia para as mulheres que estavam lá dentro, "tenho fome", e elas sentiam medo e me davam de comer. Quando chegava nas cidades pedia esmola, mas ninguém me dava. Um dia dormi num banco que está do lado de fora do mercado e quando abri os olhos a dona Arcángela estava me olhando. Havia duas moças com ela que estavam levando uns cestos. Dona Arcángela me disse:

— Você é bem grandão, é feio pra diabo e parece uma besta. Vou te dar um trabalho que você vai gostar.

As moças riram.

Desde esse dia fui leão de chácara. Minha obrigação era ficar sentado em uma cadeira e ficar pronto para o que acontecesse.

## 2:
## *Testemunho do Libertino*

Diz que o que o impelia a ir com tanta frequência ao México Lindo era a curiosidade intelectual. Descreve várias mulheres notáveis que ele conheceu nesse lugar. Uma, que quatro ou cinco vezes por noite se desnudou com vergonha, dizendo que nenhum homem nunca a tinha visto nua. Outra teve relações sexuais com o narrador em mais de vinte ocasiões e nunca o reconheceu. Outra mulher contava sempre a mesma história: tinha acabado de receber um telegrama no qual lhe avisavam que sua mãe estava muito doente e precisavam que mandasse dinheiro, etc.

A parte mais interessante das minhas visitas — diz o Libertino — eram as conversas que sempre tinha com dona Arcángela, em cuja mesa eu me sentava. Ela era filósofa. Acreditava, por exemplo, que quando morremos nossa alma fica flutuando no ar por um tempo, sujeita à lembrança que deixamos nas mentes dos que nos conheceram. Uma lembrança ruim atormenta a alma, uma lembrança boa a satisfaz. Quando todos esqueceram o defunto ou morreram os que o conheceram, a alma desaparece.

## 3:
## *Diz o campeão judoca*

Fui um dos selecionados para representar o Distrito Federal no campeonato pan-americano de judô que foi realizado na cidade de Pedrones em 1958. (Descreve como ficou feliz, suas impressões da cidade e a maneira em que a equipe do D.F. foi eliminada na primeira rodada. Naquela noite ele e seus companheiros foram à casa do Molino.) Quando as meninas souberam que éramos a equipe de judocas do D.F., se amontoaram na nossa mesa e nos pediram autógrafos. A dona da casa (Serafina) foi apertar a nossa mão, fez com que colocassem em nós uns colares de flores de papel e que nos servissem um copo por conta da casa.

— Brindo por seu triunfo, rapazes — nos disse.

Não tivemos coragem de dizer que já tínhamos sido eliminados. (Descreve o lugar, estabelece uma comparação entre as prostitutas do D.F. e as de Pedrones e acha que estas são mais econômicas e mais sinceras que as primeiras, relata suas experiências, com uma mulher chamada Magdalena, e por fim lamenta que a casa do Molino fosse fechada antes que tivesse a oportunidade de visitá-la outra vez.)

## 4:
## *Testemunho de dom Gustavo Hernández*

Você me pergunte: o que é que um homem que tem mulher e várias filhas e vive feliz com elas está fazendo em todas as noites de sábado em um bordel? Não sei o que responder, mas eu era assim. Todo sábado, quando dava as nove no relógio da paróquia, fechava a mercearia e ia no México Lindo. No momento em que pisava dentro daquele lugar tudo me parecia bonito: a decoração, as mulheres, a música. Fiz de tudo: dancei, bebi, conversei e nenhuma das mulheres que passaram por ali entre 56 e 60 me escaparam.

Voltava para casa quando estava raiando o dia. "Onde você estava?", minha mulher perguntava. "Em uma reunião da Ação Católica." Nunca acreditou em mim. Durante anos suspeitou que eu tinha uma amante. Não sabe que a enganei com quarenta e três.

Dona Arcángela me dizia:

— Não se prive de nada, dom Gustavo. Quando não trouxer dinheiro, só assine uma notinha. Para mim, você é como o Banco do México.

Estas palavras foram a minha queda. Uma manhã chegou na mercearia o bacharel Rendón. Na sua pasta trazia umas notas assinadas por mim que somavam mais de quatorze mil pesos. Queria saber quando ia poder pagá-las.

Dona Arcángela ficou com a mercearia, mas o susto que tive me curou do vício e não voltei a sentir tentações de colocar os pés em um bordel. Agora vivo feliz na companhia da minha família.

# 5:
## *A foto*

1: Arcángela Baladro
2: A Caveira
3: Serafina Baladro
4: Blanca (morreu em 17 de julho)

5: Evelia (morreu em 14 de setembro)
6: Feliza (idem)
7: Rosa (morreu em 15 de janeiro)
8: Marta (não coube na latrina)

9: Aurora Bautista
(foi indenizada)
10 e 11: as duas mulheres
que Teófilo Pinto matou.

## 6:
## *O livro de Arcángela*

O livro de Arcángela foi encontrado em seu quarto no Cassino do Danzón. Divide-se em três partes. Na primeira aparece a contabilidade semanal das empregadas, que já foi descrita no capítulo 9.

A segunda seção é intitulada *Clientes devedores*. Nela aparecem os nomes das pessoas mais respeitáveis de San Pedro de las Corrientes, com as datas dos vales, juros de dez por cento mensal, abonos na conta, etc. Todas as contas estão saldadas.

A terceira parte do livro é intitulada *Entregas*. É o que Arcángela paga às autoridades para ficar em paz com o município. Por exemplo, dez pesos diários aos policiais que estavam de turno na quadra, sessenta para o Prefeito Municipal, sessenta para o inspetor de polícia, etc.

POSFÁCIO

# A FICÇÃO DO REAL: VIOLÊNCIA E HUMOR ÁCIDO EM *AS MORTAS*, DE JORGE IBARGÜENGOITIA

**Paulo Lannes**

Em suas conversas com o jornalista colombiano Plinio Apuleyo Mendoza, o escritor Gabriel García Márquez foi questionado acerca do tratamento do realismo em suas obras, descrita por muitos como "realismo mágico", ao que o autor nega tal "mágica" e responde: "A vida cotidiana na América Latina nos demonstra que a realidade está cheia de coisas extraordinárias"[1].

É justamente a esse "extraordinário cotidiano" que o escritor mexicano Jorge Ibargüengoitia se fixa ao construir suas narrativas. À época do lançamento de *As mortas*, o autor já havia ganho notoriedade ao receber, por dois anos seguidos, o prêmio internacional Casa de las Américas, que era na década de 1960 o galardão mais importante do nosso continente, com a peça teatral *El atentado* (1963) e o romance *Los relámpagos de agosto* (1964), sendo reconhecido principalmente por trabalhar um humor refinado com o intuito de fazer críticas sociais e de questionar os grandes feitos em momentos históricos do seu país.

Em *El atentado*, Ibargüengoitia trata do assassinato do general Álvaro Obregón em 1928, data que marca tanto

1 GARCÍA MÁRQUEZ, Gabriel. Cheiro de goiaba: Conversas com Plinio Apuleyo Mendoza. Rio de Janeiro: Record, 2014.

o nascimento do autor – e do escritor mexicano Carlos Fuentes, a título de curiosidade – como o fim da Revolução Mexicana. A dramaturgia chama atenção para o inusitado: o assassino se passa por um caricaturista com o objetivo de adentrar em um banquete de honra feito ao caudilho que derrotou as tropas de Pancho Villa e que inaugurou a era dos governos civis provenientes da luta armada, consumando o ato vil logo após de o líder pedir para que fossem servidos *frijoles* no lugar da sobremesa.

Seu romance de estreia, *Los relámpagos de agosto*, faz uma paródia das memórias oficiais de generais da Revolução Mexicana – literatura muito popular no país durante as décadas de 1950 e 1960 – apresentando como narrador o general José Guadalupe Arroyo, veterano da revolução que decide escrever suas memórias para "restaurar a verdade histórica". Porém, o tom solene do protagonista contrasta com os episódios que relata: traições banais, mal-entendidos cômicos, disputas de vaidade e lances de oportunismo. A ironia da narrativa reside no fato de cada frase parecer um documento sério, mas, quando lido com cuidado, acaba por expor a pequenez dos homens, as trapalhadas logísticas e o ridículo dos heróis da pátria.

Seu segundo romance, *Maten al león* (1969), dá seguimento à crítica acerca de políticos e militares ao fazer uma alegoria do autoritarismo latino-americano e de suas farsas de poder. Em uma narrativa que poderia ser inscrita dentro do rol de obras de "romance de ditador" – em que estão presentes *Eu o supremo* (1974), do paraguaio Augusto Roa Bastos e *O recurso do método* (1974), do cubano Alejo Carpentier – acompanhamos a história de uma conspiração para assassinar o ditador León García, conhecido como "El León", que governa por décadas a imaginária ilha caribenha Arepa com mão de ferro. O plano é articulado por um grupo de políticos, militares e oportunistas, cada qual movido por ambições próprias. A narrativa nos move por dentro de intrigas, encontros secretos, chantagens e uma sucessão de imprevistos que transformam o suposto golpe em uma comédia de erros.

Em comum, os três trabalhos do autor transformam episódios de grande impacto político em narrativas guiadas pelo humor, pela ironia e por um olhar clínico para o cotidiano. Aqui, o riso, longe de ser mero ornamento, funciona como ferramenta de crítica: desarma a retórica heroica, expõe a vaidade dos homens e revela a precariedade das estruturas de poder.

É a partir dessas chaves de leituras que se reconhece o grande potencial de *As mortas*, obra publicada por Jorge Ibargüengoitia em 1977. O romance tem como base uma história real: o escabroso o caso judicial das "Poquianchis", as irmãs González Valenzuela, que ocorreu em sua cidade natal Guanajuato. O fato explodiu na imprensa ao longo de 1964, apresentando-se como um episódio ruidoso que envolveu exploração, sequestro e assassinato em massa de mulheres jovens numa região até então considerada pacata para os padrões do México.

Porém, cabe ressaltar, os instrumentos da literatura e sua perspectiva irônica advém do sensacionalismo com o qual o tema foi tratado pela imprensa à época. Em uma entrevista[2], o autor afirmou que

> El tema me interesó casi por repulsión: la historia era horrible, la reacción de la gente era estúpida, lo que dijeron los periódicos era sublime de tan idiota. Todo esto, que me producía verdaderamente una repulsión muy fuerte, me pareció muy mexicano. Pero la historia me atrajo como a uno lo atrae una operación o un perro muerto: algo horrible. Según la información de los periódicos, todos los personajes eran espantosos. Lo que me interesaba, entonces, era meter a esa gente en la realidad, hacerla comprensible, no verla como los periódicos.[3]

---

2 ASIÁIN, Aurelio e OTEYZA, Juan García. Entrevista con Jorge Ibargüengoitia. México: Vuelta 9, no. 100 (1985): 100-102.

3 "O tema me interessou quase por repulsão: a história era horrível, a reação das pessoas era estúpida, o que disseram os jornais era sublime de tão idiota. Tudo isso, que me provocava uma repulsa muito forte, parecia-me profundamente

O caso chamou a atenção de Jorge Ibargüengoitia quando ele leu nos jornais que as irmãs González Valenzuela haviam sequestrado mais de vinte jovens. Essas mulheres deixaram Guanajuato rumo a Lagos de Moreno, em Jalisco, onde a prostituição era legalizada, e ali tocaram seus negócios até que o bordel foi fechado por conta de leis moralizantes. Ao mesmo tempo, em uma operação policial, o filho de uma delas foi acusado de tráfico e acabou morto. De volta a San Francisco del Rincón, novamente em Guanajuato, trancaram as prostitutas enquanto tentavam, em vão, conseguir uma licença para retornar a Jalisco. O que começou como abuso se transformou em algo ainda mais terrível: elas são mantidas em cárcere privado, em uma situação tão degradante que várias delas, pouco a pouco, morrem em episódios ao mesmo tempo trágicos e absurdos.

Esse sequestro coletivo fascinou Ibargüengoitia. Havia, naquele cenário aparentemente pacato e conservador, uma trama de sordidez e violência que parecia dialogar com o cotidiano e a literatura mexicana. Ainda em 1964, o escritor chegou a redigir uma crônica rigorosamente fiel aos autos — após de acessar mais de mil páginas do processo —, porém preferiu guardar o texto por mais de dez anos, até conseguir se afastar o suficiente do fato histórico para poder inserir, nele, o fôlego que somente a ficção seria capaz de dar. Nasce, assim, *As mortas*, um romance que combina a precisão de um inquérito com a liberdade inventiva do olhar literário, mostrando que a imaginação pode trazer à tona camadas mais profundas de uma realidade tão brutal.

Interessante é notar que a narrativa de *As mortas* acontece numa cidade fictícia chamada Cuévano – alter ego literário da sua Guanajuato –, capital do também fictício Estado Plan de Abajo, que serve de cenário para a trama do roman-

---

mexicano. Mas a história me atraiu como a alguém atrai uma operação ou um cão morto: algo horrível. Pelos jornais, todos os personagens pareciam espantosos. O que me interessava, então, era inserir aquela gente na realidade, torná-la compreensível, não vê-la com o olhar que os periódicos ofereciam." [Tradução do autor] ce *Estas ruinas que ves* (1975), publicado dois anos antes por Jorge Ibargüengoitia. Neste livro, os leitores acompanham a vida de Francisco Aldebarán, escritor e professor que volta à cidade natal para dar aulas na universidade, a partir de encontros com velhos conhecidos, relações amorosas, pequenas intrigas acadêmicas e conversas cheias de malícia.

Assim como nas outras narrativas de Jorge Ibargüengoitia, o humor ácido é o motor de *Estas ruinas que ves*. O autor cria situações cotidianas que, sob seu olhar, revelam o ridículo das pretensões intelectuais, a hipocrisia das convenções provincianas e as vaidades da vida cultural mexicana. É uma comédia de costumes que funciona como crítica a uma sociedade urbana cuja classe média se fortalece nos anos 1970.

Ainda que seja uma narrativa mais leve que *As mortas*, ambas têm a força de revelar as contradições da modernidade latino-americana dentro de uma geografia fictícia que serve de laboratório para dissecar os vícios do México: a corrupção latente, o provincianismo que insiste em sobreviver e a normalização da violência cotidiana.

Depois de *As mortas*, Jorge Ibargüengoitia viria a publicar mais um romance situado em Plan de Abajo, com o objetivo de dar continuidade à sua pesquisa sobre a ganância dos homens: *Dos crímenes* (1979). A obra traz a história de um homem da cidade que, para fugir da polícia, resolve visitar os parentes ricos que vivem no interior rural. Porém, inesperadamente, ele se vê enredado em heranças, intrigas familiares e um duplo homicídio.

O último romance do escritor mexicano retoma a crítica à história oficial e aos heróis imortalizados. *Los pasos de López* (1982) recria, em um tom satírico, as reuniões secretas, os líderes indecisos e os acasos da conspiração que antecedeu a independência do México em 1810, desmontando o heroísmo oficial e mostrando a epopeia patriótica como um enredo de equívocos, vaidades e acasos.

O acaso, tão extraordinário quanto trágico, interrompeu a continuidade do trabalho do autor. Jorge Ibargüengoitia, aos 55 anos, foi convidado por Gabriel García Márquez para participar do I Encontro de Cultura Hispano-americana na capital da Colômbia, mas nunca conseguiu chegar ao evento. Em 27 de novembro de 1983, ele embarcou no voo Avianca 011, que partiu de Paris e faria uma escala em Madri antes de seguir para Bogotá. Porém, em meio a uma intensa neblina, a nave se chocou com o Monte Oiz, em área próxima ao aeroporto da capital da Espanha, matando 181 pessoas, incluindo o escritor mexicano. Morreram, nesse mesmo acidente aéreo, o romancista peruano Manuel Scorza, o crítico literário uruguaio Ángel Rama e a crítica de arte Marta Traba – todos grandes escritores que estavam no auge da criatividade. Uma perda inestimável e inacreditável que parece comprovar a afirmação de Gabo de que a realidade latino-americana está cheia de coisas extraordinárias, tanto para o bem quanto para o mal.

## **Coleção** Prosa Latino-americana

Originária do latim, a palavra *prosa* significa o discurso direto, livre por não ser sujeito à métricas e ritmos rígidos. Massaud Moisés a toma como a expressão de alguém que se dobra para fora de si e se interessa mais pelos outros "eus", pela realidade do mundo exterior. A prosa está no cotidiano, no rés do chão, nas vizinhas que conversam por cima do muro, nos parentes que plantam cadeiras nas calçadas para tomar ar fresco e ver a vida lá fora. Se ouvimos dois dedos de prosa, já sabemos que estamos em casa. Em "Las dos Américas", escrito em 1856, o poeta colombiano José María Torres Caicedo apresenta pela primeira vez a ideia de latino-americano ao falar de uma terra merecedora de futuro glorioso por conter "um povo que se proclama rei". Hoje o termo diz respeito a todo o território americano, exceto os Estados Unidos, abrangendo os 12 países da América do Sul, os 14 do Caribe, os 7 da América Central e 1 país da América do Norte. É a nossa casa. Dona de uma literatura rica pela diversidade, mas ainda com muitos títulos desconhecidos pelos leitores brasileiros, a prosa latino-americana vem composta pelos permanentes ideais de resistência, sendo possuidora de alto poder de contestação, dentro de uma realidade que insiste em isolá-la e esvaziá-la. Com esta coleção cumpre-se o objetivo de ampliar nosso acervo de literatura latino-americana, para corrermos e contemplarmos a casa por dentro, visitá-la em estâncias aconchegadas, de paredes sempre bem revestidas.

1. Dona Bárbara, de Rómulo Gallegos
2. O aniversário de Juan Ángel, de Mario Benedetti
3. A família do Comendador, de Juana Manso
4. Homens de Milho, de Miguel Ángel Asturias
5. Eu o Supremo, de Augusto Roa Bastos
6. Museu do romance da Eterna, de Macedonio Fernández
7. O Caudilho, de Jorge Guillermo Borges
8. Huasipungo, de Jorge Icaza
9. Sab, de Gertrudis Gómez de Avellaneda
10. Raça de bronze, de Alcides Arguedas
11. Avalovara, de Osman Lins
12. A semana das cores, de Elena Garro
13. O recurso do método, de Alejo Carpentier
14. Quão caro foi o açúcar?, de Cynthia McLeod
15. A morte de Artemio Cruz, de Carlos Fuentes
16. María, de Jorge Isaacs
17. Sobre heróis e tumbas, de Ernesto Sabato
18. Filho de ladrão, de Manuel Rojas
19. As mortas, de Jorge Ibargüengoitia

PATRONOS
DA PINARD

A publicação deste livro não seria possível sem o apoio dos patronos Ana Paula Ferreira Guedes Passarelli, Bruno Pinheiro Silva, Edson Augusto Vicente, Giovanna Varella Fiorito e Ricardo Martini Kato.

*Grafia atualizada segundo o Acordo Ortográfico da Língua Portuguesa de 1990, que entrou em vigor no Brasil em 2009*

EDIÇÃO
Igor Miranda e Paulo Lannes
ASSISTENTE DE EDIÇÃO
João Mac Dowell
TRADUÇÃO
Lucas Lazzaretti
POSFÁCIO
Paulo Lannes
REVISÃO
Evelyn Sartori
COMUNICAÇÃO
Bruna Krug
Chico Spagnolo
ILUSTRAÇÕES
Ivan Di Simoni
PROJETO GRÁFICO
E DIAGRAMAÇÃO
Luísa Zardo

---

DADOS INTERNACIONAIS DE
CATALOGAÇÃO NA PUBLICAÇÃO (CIP)

Ibargüengoitia, Jorge
As mortas / Jorge Ibargüengoitia ; ilustração
Ivan Di Simoni ; tradução Lucas Lazzaretti. --
1. ed. -- São Paulo : Pinard, 2025.

Título original: *Las muertas*

ISBN 978-65-83919-03-8

1. Romance mexicano I. Simoni, Ivan Di.
II. Lazzaretti, Lucas. III. Título.

25-300154.0 CDD-M863
Índices para catálogo sistemático:
1. Romances : Literatura mexicana M863
Henrique Ribeiro Soares - Bibliotecário - CRB-8/9314

---

PINARD

contato@pinard.com.br
instagram - @pinard.livros

**@pinard.livros**

Impresso em setembro de 2025, logo após de Claudia Sheinbaum, a primeira mulher presidente do México, protagonizar o chamado "Grito de Dolores", que encena o chamado à insurreição lançado pelo padre Miguel Hidalgo em 1810. Até então, a tradição, realizada todo ano na Festa de Independência do México, era realizada somente por homens.

Composto em
**HK GOTHIC E DANTE**

Impressão
**GRÁFICA PALLOTTI**

Papel
**LUX CREAM 70g**